Meine schönste Zeit

Über dieses Buch

Eine Kindheit in den Südtiroler Bergen – das prägt für das ganze Leben. Agnes Hofer erzählt in ihrer Biografie von der Freude, in einer tiefgläubigen Großfamilie aufzuwachsen, aber auch dem Leid und der Gefahr, die ein Bergbauernleben mit sich bringt.

Ihre Erinnerungen zeigen dem Leser ein mutiges, naives Kind, das schon früh viel Verantwortung tragen musste. Die kleine Agnes wächst an ihren Aufgaben und weiß sich geborgen unter dem Flügel ihres Schutzengels.

Über die Autorin

Agnes Hofer wurde 1951 in St. Leonhard im Passeiertal geboren. Sie wuchs in einer Südtiroler Großfamilie auf und besuchte eine kleine Bergschule. Mit dem Schreiben hat sie erst in den späteren Jahren begonnen, obwohl sie schon lange spürte, dass da seit jeher etwas Unentdecktes in ihr schlummerte, das unbedingt herauswollte. Neben einigen Schreibseminaren absolvierte sie auch ein dreijähriges Fernstudium bei der Hamburger Akademie – Große Schule des Schreibens.

Dabei entstanden viele Geschichten, ebenso ein Kinderroman. Die größte Freude jedoch, das ganze Herzblut und das wunderschöne Erlebnis des Schreibens hat sie in dieses Buch – „Meine schönste Zeit" – gelegt.

Mit ihren zwei Kindern und deren Familien lebt die Autorin heute in ihrem gemeinsamen kleinen Paradies oberhalb von Meran.

Agnes Hofer

Meine
schönste Zeit

Erinnerungen eines Bergbauernkindes

Bibliografische Information der Deutschen Nationalbibliothek:
Die Deutsche Nationalbibliothek verzeichnet diese Publikation
in der Deutschen Nationalbibliografie; detaillierte bibliografische Daten sind im Internet über dnb.dnb.de abrufbar.

© 2019 Agnes Hofer
1. Auflage 2019
Alle Rechte vorbehalten.
Herstellung und Verlag: BoD – Books on Demand,
Norderstedt
Lektorat, Korrektorat: Marlies Lüer, www.Silberworte.de
Coverdesign: Fabian Zentel, www.alohabuchdesign.de
Titelfoto: Agnes Hofer
Buch-Innengestaltung: buchseitendesign by ira wundram,
www.buchseiten-design.de
Gesetzt aus der Cambria und Lamar Pen
Das Werk, einschließlich seiner Teile, ist urheberrechtlich
geschützt. Jede Verwertung ist ohne Zustimmung der Autorin
unzulässig. Dies gilt insbesondere für die elektronische oder
sonstige Vervielfältigung, Übersetzung, Verbreitung und
öffentliche Zugänglichmachung.
ISBN: 978-3-7494-1963-0

Für meine Kinder Petra und Christoph

Prolog

Ich bin dankbar, dass ich eines von 15 Kindern von wunderbaren Eltern sein darf, die es trotz Armut und Not in der kargen Nachkriegszeit geschafft haben, meinen Geschwistern und mir so viel Güte und Liebe zu geben. Diese Liebe wurde mein Wegbegleiter und sie zaubert immer wieder Erinnerungen aus glücklichen Kindertagen hervor. Erinnerungen, die mir heute noch Kraft und Mut geben und die ich nicht missen möchte, die ich wie einen Schatz festhalten will. Erinnerungen, die Geschichten entstehen lassen, die das Leben geschrieben hat. Geschichten, aus meiner wundervollen Kinderzeit.

Ich danke meinen Eltern für das Leben und
die Liebe, die sie mir geschenkt haben.
Ich danke ihnen für die schönen Erinnerungen,
in die ich wieder eintauchen, darin versinken, und
daraus diese Geschichten hervorholen konnte.
Ich danke, dass ich mich wieder als Kind
gespürt habe und diese wunderschöne Zeit
noch einmal erleben durfte.

In der Zeit des Schreibens habe ich Mutters und Vaters Hand wieder auf meiner gespürt. Wie damals halfen sie mir, den Stift zu führen.

Es ist ein frostiger Januartag. Neben mir knistert das Feuer im Ofen. In Gedanken versunken schaue ich aus dem Stubenfenster, hinunter aufs Land und auf die Stadt. Mein Blick wandert weiter, den abzweigenden Seitentälern entlang und hinauf zu den schneebedeckten Bergkuppeln. Wo diese sich zur rechten Seite wieder leicht abneigen, bleibt mein Blick auf der Bergspitze haften, die hell in der Sonne glitzert. In der Talsohle hat vor vielen Jahren alles begonnen. Erinnerungen tauchen auf und schöne Erlebnisse holen mich ein. Lustige, aber auch traurige Begebenheiten und viele vergessen geglaubte Ereignisse holen mich wieder ein. Sie begleiten mich zurück zum Ursprung dieser Geschichten, die ich einfangen und festhalten will. Für mich, für meine Kinder und Enkelkinder, für meine Geschwister und ganz besonders als dankbare Erinnerung an zwei wunderbare Menschen.

Meine Eltern

Im letzten Dorf des Passeiertales wurde mein Vater im Jahr 1920 als drittes von zwölf Kindern geboren. Weil zwei seiner älteren Brüder vom Krieg nicht mehr zurückkehrten, war er der nächste, der den elterlichen Hof übernehmen sollte. Zu jener Zeit war meine Mutter in seinem Heimatdorf als Bauernmagd im Dienst. Dort hatten sich meine Eltern kennen- und lieben gelernt, und sie planten, bald zu heiraten. Aber da lag schon der erste schwere Stein auf ihrem Lebensweg, den sie erst mal beseitigen mussten. Denn Mutter hatte bereits drei uneheliche Kinder, und das war zu jener Zeit eine riesengroße Schande.

Als mein Großvater von dem bevorstehenden Ereignis erfuhr, machte er kurzen Handel. „So eine kommt mir nicht auf den Hof, entweder sie oder der Hof!", stellte er meinen Vater vor die Wahl. Doch Vater liebte meine Mutter über alles. Und weil es damals so üblich war, bei wichtigen Entscheidungen die Kirche miteinzubeziehen, ging Vater zum Pfarrer, um nach dessen Meinung zu fragen und seine Erlaubnis einzuholen.

„Hans, du bist ein ordentlicher Mensch und hast ein gutes Herz. Also hör, was es dir sagt! Du bringst kein großes Opfer, wenn du auf den Hof verzichtest, aber du vollbringst eine gute Tat, wenn du zu deiner Liebe stehst, für diese drei Kinder ein guter Vater sein willst und ihnen ein Zuhause gibst. Es gibt auf dieser Welt schon genug arme, unschuldige Geschöpfe, die herum- und ausgestoßen werden, weil sie niemand haben will, und die nichts dafürkönnen, dass sie geboren wurden. Darum Hans, liebe und achte diese Frau, der Herrgott wird es euch beiden vergelten!"

Nachdem Vater den Segen vom Pfarrer hatte, überließ er den Hof seinem jüngeren Bruder und hat sich mit seinem Erbteil, das aus einigen Kubikmetern Schlägerholz bestand, abgefunden. Dessen Erlös nutzte er dazu, seiner kleinen Familie ein eigenes Nest einzurichten. Mit einem Holzköfferchen, einem Bündel Habseligkeiten und Mutter an seiner Hand, hat er sein Heimathaus verlassen und ist drei Dörfer weiter talauswärts gezogen. Dort hatten sie eine notdürftige Bleibe und für Vater eine Arbeit als Knecht bei einem Bauern gefunden.

Am 7. Jänner 1950 schlossen meine Eltern in St. Leonhard, im Heimatdorf meiner Mutter, den Bund fürs Leben. Nach der Trauung wurde im Gasthaus eine Nudelsuppe mit Wurst gegessen und anschließend gingen das Brautpaar und die kleine Hochzeitsgesellschaft wieder an ihre Arbeit. Einige Monate später sind meine

Eltern wieder weiter in das angrenzende Seitental nach Walten gezogen.

Es war am 21. Tag des neuen Jahres 1951, als bei meiner Mutter die Wehen für meine Geburt einsetzten. Sie schickte meinen Vater in das Dorf, um die Hebamme zu holen. Aber die stetig stärker und immer kürzer werdenden Wehenabstände ließen in ihr die Befürchtung aufkommen, dass die beiden wohl zu spät zurück sein würden. Also legte sie sich vorsichtshalber ins Bett. Ein Bein war schon drinnen, das andere noch draußen, als sie merkte, dass mein Kopf auch schon da war. So hatte es mir meine Mutter oft und immer wieder gerne erzählt. Als viertes Kind hatte ich ja schon drei Wegbereiter vor mir gehabt. Vielleicht erklärte das die Eile, die ich damals an den Tag legte, obwohl sich das schon als erster Widerspruch herausstellte, was mich und meine Wesensart betraf. Denn ich war ein ruhiges, zurückhaltendes Kind, das sich nie in den Vordergrund stellen wollte. Als mein Vater mit der Hebamme zurückkam und sein erstes Mädchen vorfand, das er sich so sehr gewünscht hatte, weinte er vor Glück. Ich war noch mit meiner Mama durch die Nabelschnur verbunden, sie hielt mich zärtlich in ihren Armen. Das hat Vater mir oftmals erzählt, aber auch, dass seine Freude drei Wochen später von Kummer und Sorgen getrübt wurde. Der Winter 1951 war einer der schneereichsten seit Jahren und bald reichten die Schneemassen bis zum

13

zweiten Stockwerk unseres kleinen Häuschens. Darum mussten viele Bauern und Familien aus den hinteren Tälern und von den höheren Bergen wegen Lawinengefahr ihre Häuser verlassen und ins Tal ziehen. Viele, die trotzdem blieben, waren monatelang von der Außenwelt abgeschnitten. So packten auch meine Eltern die drei Brüder und mich zusammen und stapften mit uns durch den tiefen, schweren Schnee bis hinunter ins Dorf zu unserer Großmutter. Unterwegs wollte Mama nach mir sehen, ob ich, in dicke Decken eingewickelt, wohl noch genug Luft bekäme. Dabei muss es dann wohl passiert sein, dass ich ein paar Atemzüge zu kalter Luft eingeatmet habe, denn kurz darauf bekam ich eine starke Bronchitis und doppelseitige Lungenentzündung und wäre beinahe daran gestorben. Der Dorfarzt hatte alles versucht, doch letztlich wusste auch er nicht mehr weiter. Auf Anordnung meines Vaters sollte er den Priester schicken, damit er mich zumindest noch taufte, bevor ich stürbe. Das hat der Priester dann auch getan, sogar die Firmung und die letzte Ölung hat er mir noch verabreicht. Doch wie durch ein Wunder habe ich überlebt. Vielleicht hatten auch die vielen Gebete geholfen, zu denen sich Verwandte und Nachbarn um meine Wiege versammelt hatten? Wenn sonst nichts mehr wirkte, dann galt das Beten damals zu den besten Heilmethoden, oder auch die Versprechen, zu den Wunder vollbringenden Wallfahrtsorten zu pilgern. In ihrer Not gaben damals auch meine Eltern das Versprechen an die Muttergottes von Weißenstein. Jedoch wollten sie damit noch etwas warten, bis ich kräftig genug war, um den drei Stunden langen Fußmarsch mitgehen zu können.

Ein Jahr später im Frühjahr verließen wir Walten und zogen wieder zurück nach Pfelders, in ein leerstehendes kleines Bauernhaus. Dort ist am 4. Oktober 1952 Sepp zur Welt gekommen. Wieder ein gutes Jahr später erblickte meine erste Schwester am 3. Jänner 1954 das Licht der Welt. Nun waren wir schon zu sechst und der Lohn, den mein Vater als Knecht verdiente, reichte bald hinten und vorne nicht mehr. Doch das Glück war meinem Vater hold, als er eine besser bezahlte Arbeit beim Stausee Vernagt im Schnalstal, und am Stauseebau in Martell erhielt. Was allerdings auch einen erneuten Umzug mit sich brachte, der uns nach Saltaus führte. Kurze Zeit später übersiedelten wir von dort wieder ins Hofer-Häuschen, das neben dem Quellenhof stand.

Dort hatte Mama unser Schwesterchen Rosinele geboren, die wir aber nur fünf Tage behalten durften. Sie ist nach einer Geburtsverletzung wieder zu den Engeln in den Himmel zurückgekehrt. Von ihr blieb uns nur ein Foto, wie sie in der Stube aufgebahrt lag, und die Erinnerung an weiße zarte Blümchen, die wir Geschwister für sie gepflückt, ihr in die Händchen gedrückt und mit in den Sarg gelegt haben. Die stärkste Erinnerung sind aber die zwei traurigen Augenpaare unserer Eltern. Damals war ich fünf Jahre alt und von da an werden meine Erinnerungen immer mehr und lebendiger. Ich weiß noch, dass gegenüber von unserem Haus ein stillgelegtes Sägewerk war. Dort wohnte ein gleichaltriges Mädchen mit ihren Eltern, zu denen wir immer gerne hinüberliefen, um miteinander zu spielen. Was uns aber noch mehr anzog, das war der Kakao, den die Nachbarin uns Kindern immer gekocht hat. So etwas Gutes hatten wir bisher noch nie getrunken. Die Nachbarin freute sich, dass ihre Tochter nun jemand zum Spielen hatte, deshalb und … na ja, auch wegen des Kakaos, war ich bald öfters bei ihnen als bei uns zuhause.

Eines Tages spielten wir wieder bei ihnen im Garten, als wir von unserem Haus her einen fürchterlichen Angstschrei hörten. Dort stand Mama auf dem kleinen Balkon und schüttelte hektisch die Schlafunterlage des Kinderbettchens über das Geländer. Da hatte sich doch tatsächlich ein Vieh darin verirrt, während es in der Sonne zum Auslüften lag. Und als Mama mit der Hand in den Schlitz griff, um die Tschillen (Maisblätter) aufzulockern, hatte sie diese Schlange direkt in ihrer Hand gehabt. Von derartigen Reptilien hatte Mama panische Angst. Deshalb konnten sie auch die vielen Weinbergschnecken nicht entzücken, die die kleine Maria leidenschaftlich gerne am kleinen Bach hinter dem Haus aufsammelte, in ihrer Schürze nach Hause trug, und auf dem Küchentisch ausbreitete.

Der fünfte Umzug

Ein Jahr später sind wir wieder eine Station weiter nach St. Martin gezogen, dort wurde am 4. November 1957 ein weiterer Bruder geboren. Um den Bedürfnissen der stetig anwachsenden Familie gerecht zu werden, arbeitete Vater zwischenzeitlich beim Bau der Brennerautobahn in Blumau und kam nur noch jede zweite oder dritte Woche nach Hause. Mama war mit uns Kindern alleine. So auch als sie wieder im fünften Monat schwanger war, und nach einem Blutsturz das Kind – einen Buben – verloren hatte.

Der Platz in der Mietwohnung wurde immer enger und der Geldbeutel immer leerer. Oft war Mama verzweifelt, weil sie nicht wusste, was sie uns Kindern zum Essen auf den Tisch stellen sollte. Um der Mama zu helfen, gingen die zwei ältesten Brüder nach den Schulstunden in eine Sägerei. Dort verdienten sie gerade so viel dazu, um die Milch bezahlen zu können, die wir jeden Tag von einem Bauernhof holen mussten.

Trotz des Geldmangels hat Vater uns Kindern immer eine Kleinigkeit mitgebracht, wenn er wieder nach

Hause kam. Zum siebten Geburtstag schenkte er mir neue rote Pantoffeln. Als ich sie aus dem Zeitungspapier wickelte, bin ich zum ersten Mal vor Freude in Tränen ausgebrochen.

„Warum weinst du denn? Gefallen sie dir nicht?", fragte Vater.

„Ja schon, ich freue mich nur so sehr über das erste richtige Geschenk, weil es bisher immer nur ein Spiegelei zu den Geburtstagen gab!", schluchzte ich. Dann schlüpfte ich in die neuen Pantoffeln und setzte mich auf Vaters Schoß. Ich wartete immer sehnsüchtig, bis Vater von der Arbeit nach Hause kam, um auf seinen Schoß zu klettern und in seinen Armen zu liegen, denn Nichts und Niemand konnte mir mehr Wohlgefühl und Geborgenheit geben als mein Vater. Bis an jenem 23. Dezember 1959, an dem Mutter wieder mit einem neuen Säugling die Stube betrat.

„Du bist jetzt schon ein großes Mädchen!", sagte Vater zu mir, nahm mich von seinem Schoß und setzte mich neben sich auf die Bank, um das neue Kind auf den Arm zu nehmen. Damit hatte er mir fast das Herz gebrochen, ich war doch erst acht Jahre alt. Doch hin und wieder gelang es mir doch, mich auf Vaters Schoß zu schleichen, was er auch gerne duldete. Und nachdem er mir eine wichtige Aufgabe erteilte, indem er mich als Kindermädchen auserkor, war mein Kummer ohnehin bald vergessen. Mir wurde Verantwortung gegeben und zudem hatte ich immer wieder lebendige Puppen zum

Spielen, die ich alle sehr liebhatte, wenn auch einige manchmal etwas anstrengend waren. Einmal habe ich meinen zweijährigen Bruder, einen für mich viel zu schweren Fettkloß, bis zum Kindergarten getragen, damit er den spielenden Kindern zuschauen konnte, was er sehr gerne tat. Auf dem Heimweg war ich mit meiner Kraft so am Ende, dass ich ihn unter den Armen gepackt, und wie einen Mehlsack hinter mir hergezogen habe. Weil ich so brav auf die Kleinen aufpasste, hat Vater mir oft Käse mitgebracht – meine Leibspeise.

„Bewahre ihn gut auf, damit ihn dir die anderen nicht wieder wegessen!", empfahl er mir. Das habe ich dann auch getan und versteckte ihn im Schrank unter meinen Kleidern. Aber vielleicht war er doch zu lange da drinnengeblieben, denn nach zwei Wochen ist der Käse lebendig geworden und hatte Junge bekommen. Er hat sich bewegt und ihm war kitzlig, wenn seine Kinder, die gelben Würmchen, über seinen Leib gekrochen sind.

In dieser Wohnung ist nicht nur der Käse zugrunde gegangen. Auch die zwei kleinsten Brüder erkrankten schwer.

Wie üblich hatte Mama mir das Baby samt Trinkflasche in den Arm gedrückt. Kaum saß ich mit dem Kleinen auf den Diwan und wollte ihm die Flasche geben, wurde das Kind plötzlich ganz starr in meinen Armen, er verdrehte die Augen und weißer Schaum quoll aus seinem Mund. Der kleine Körper verkrampfte sich und es schüttelte ihn so stark, dass ich ihn kaum noch

19

festhalten konnte. „Mama komm schnell, ich kann ihn nicht mehr halten", rief ich in voller Lautstärke.

Im Nu stand Mama vor mir, starrte mit angstverzerrtem Gesicht auf den Kleinen, bevor sie ihn mir aus den Armen riss und eiligst aus der Wohnung lief.

„Pass auf die anderen auf, ich muss zum Doktor!", hallte ihre Stimme durch das Treppenhaus, dann fiel die Haustür mit lautem Scheppern ins Schloss. Verwirrt und unfähig mich zu rühren, saß ich da und hatte furchtbare Angst, dass dieses Brüderchen nun auch sterben würde, und es wäre meine Schuld. Ich grübelte, und tiefe Traurigkeit holte mich bei dem Gedanken ein, wo ich um diese Jahreszeit die kleinen weißen Blümchen finden könnte, um sie meinen kleinen Bruder in den Sarg zu legen und mit in den Himmel zu schicken. Leise weinte ich vor mich hin, bis ich nach einer halben Ewigkeit endlich Mamas Schritte im Flur hörte. Stocksteif saß ich immer noch an derselben Stelle und wagte kaum zu atmen. Erst als sie zur Tür hereinkam, das Kind aus der Decke wickelte und in die Wiege legte, erhob ich mich, ging mit zitternden Beinen auf die beiden zu und sah auf das kleine Gesichtchen hinab, es war genauso blass und lag reglos da wie damals unser kleines Rosinele.

„Ist er jetzt auch tot?"

„Pst, sei leise, Agnes, er schläft jetzt, du bleibst noch ein wenig bei ihm und ihr kommt mit mir in die Küche!", flüsterte Mama und verließ mit den anderen Kindern den Raum. Kaum hatte sie die Tür hinter sich geschlossen, besann ich mich wieder auf Mamas hallenden Ruf im Korridor und auf meine kleinen Geschwister, auf die ich aufpassen sollte, was ich aber total vergessen hatte. Denn um mich herum war es die ganze Zeit durch ruhig und still gewesen, so als hätte während Mamas Abwesenheit die ganze Welt angehalten. Das alles war so seltsam und ich konnte es immer noch nicht ganz glauben, dass das Kind lebte. Darum beugte ich mich nahe zu ihm hinab, und horchte, ob er überhaupt noch atmete. Dabei stieß ich ihn aus Versehen leicht an, so dass er kurz aufschreckte und sich bewegte, aber gleich wieder weiterschlief. Dann zog ich einen Stuhl ganz nahe an die Wiege, setzte mich darauf und ließ den schlummernden Kleinen nicht mehr aus den Augen. Ich war so glücklich, dass ich gleichzeitig gelacht und geweint habe.

Er bekam noch einige von diesen Krampfanfällen, aber sie wurden zusehends schwächer und blieben schließlich ganz aus. Bald darauf erkrankte der Zweitjüngste an derselben Krankheit, zum Glück weniger intensiv als der Kleine. Meine Eltern waren verzweifelt und hilflos, sie wussten nicht, woher diese Krankheit kam. Der Arzt kam ins Haus, um nach den zwei Buben zu sehen und sie zu behandeln. Dabei entdeckte er zufällig die Ursache der Krankheit, die er mit dem Namen „Englische Krankheit" (Rachitis) bezeichnete. Der Auslöser des Übels sollte die mit Schimmel befallene, feuchte Wohnung sein, behauptete der Arzt und empfahl meinen Eltern, so schnell wie möglich eine andere Wohnung zu suchen. Heute weiß man, dass die Ursache einer Rachitis in einem schweren Vitamin-D-Mangel liegt. Der Auslöser der Krankheit lag damals wohl eher an der mangelhaften Ernährung und nicht an der feuchten Wohnung.

Auch ich war ständig krank, eine Kinderkrankheit hängte sich an die nächste, und bis alle durch waren, verblieben insgesamt drei Monate, in denen ich die Schule besuchen konnte. Man brachte mir den Lehrstoff nach Hause, damit ich nicht zu viel versäumte. Mit großem Ehrgeiz holte ich alles nach, so dass ich am Ende des Schuljahres mit den anderen gleichstand. Doch das brachte mir alles nichts, denn Mama ließ sich von meiner Lehrerin dazu überreden, mich die zweite Klasse wiederholen zu lassen. Das war für mich eine mittlere Katastrophe, erkennen zu müssen, dass Mama meinen Fleiß nicht würdigte und meiner Lehrerin mehr glaubte als mir, ihrem eigenen Kind. Diesen Vertrauensbruch konnte ich ihr lange Zeit nicht verzeihen, zudem wurde ich von den Mitschülern auch noch ausgelacht und verspottet. Und das war einfach ungerecht.

Als ich achteinhalb Jahre alt war, verließen wir St. Martin und zogen wieder in das hintere Passeiertal nach Hütt (Fraktion Moos.) Das war nun die letzte

Station der Zigeunerwanderungen und es wurde unser Zuhause, wo meine schönste Zeit erst wirklich begann. Vater hatte dort einen Bauernhof gepachtet. Mit einer einzigen alten Kuh, die er auf dem Viehmarkt für wenig Geld ergattert hatte, startete er die Viehwirtschaft. Die Alte, wie wir diese Kuh nannten, gab mehr Milch als wir für die ganze Familie benötigten. Endlich durften wir Milch trinken, soviel wir wollten. Wenn die Kuh auf der Wiese lag und genüsslich wiederkäute, setzten wir uns auf ihren Rücken und haben Trockenübungen im Reiten gemacht. Sie hat uns nie abgeworfen, auch wenn sie aufstand, um weiterzugrasen, oder zurück zum Hof ging. Achtgeben musste man nur, wenn sie es eilig hatte, in den Stall hinein zu laufen. Da kam es schon mal vor, dass man zu zweit nicht durch die kleine Türöffnung gepasst hatte. Aber wenn man flink war, rechtzeitig den Kopf einzog, sich bäuchlings auf ihrem Rücken flach-legte, hatte es meist tadellos geklappt, dass man erst durch ihr abruptes Anhalten an ihrem Standplatz vorn-über von ihr gerutscht und im Mist gelandet ist. Mit dem einen abgebrochenen und dem anderen schiefge-wachsenen Horn war sie zwar keine Schönheit, aber sie war die gutmütigste Seele von allen Kühen. Zu ihr gesellten sich bald zwei jüngere Kühe, von denen wir die Kälbchen behielten und aufzogen. Es dauerte nicht lange, da hatten wir zwölf Kühe, zwei Ochsen, zwei Schweine, fünfzehn Ziegen und einen Schwarm Hennen im Stall. Dazu noch die Scheune voll Heu und Stroh.

Und keines der Kinder erkrankte mehr wegen feuchten und schimmeligen Mauern. Davon gab es in dem alten Bauernhaus sowieso keine, bis auf das Grundfundament. Der Rest des Hauses bestand bis einschließlich des Daches nur aus Holz. Da kam es höchstens im Winter mal vor, dass am Morgen beim Aufwachen eine zentimeterdicke Schneeschicht auf dem Federbett lag, die der Sturmwind durch die Ritzen der Holzbalken getrieben hatte. Aber das machte uns nichts aus, dafür gab es reichlich frische Luft, Platz genug für alle und wir mussten nicht mehr zusammengepfercht in einer Vierzimmerwohnung leben.

Auch fanden sich genügend stille Örtchen und ruhige Winkel, in denen man sich zum Grübeln und nachdenken zurückziehen konnte. Und das brauchte ich hin und wieder ganz dringend. Denn es kamen immer mehr Anlässe und unerklärliche Dinge auf mich zu, die ich einfach nicht verstand, aber unbedingt wissen und aufgeklärt haben wollte. Zum Beispiel fragte ich mich immer öfter, wo nur die vielen Geschwisterchen herkommen und genauso wunderte ich mich, wo unsere Kühe über Nacht ihre Kälbchen herzauberten. Doch das hat Vater mir dann eines Tages erklärt, als wir im Wald beim Holz holen waren.

„Siehst du da", sagte er und zeigte auf einem dicken morschen Fichtenwurzelstock, der in der Mitte so in die Tiefe verfault war, dass man ihn hätte aushöhlen können. „Da kommen die Kälbchen heraus", meinte er und lächelte verschmitzt. Und weil unsere Kuh namens „Blume" wieder eines erwartete, wollte ich ihr helfen und ging in den Wald hinaus zu diesem Stock, den Vater mir gezeigt hatte. Also setzte ich mich ganz nahe an den Stamm, legte mein Ohr auf den nach Schimmel riechenden Baumstumpf und horchte hinein. Aber es rührte sich nichts. *„Komisch, da muss ich wohl nachhelfen,"* dachte ich und begann mit beiden Händen im Wurzelstock zu graben und zu suchen, bis meine Finger bluteten. Aber ich fand einfach nichts. Als ich abends nach Hause kam, stand das Kälbchen mit wackelnden Beinen neben der Blume und saugte genüsslich am Euter. Nun verstand ich überhaupt nichts mehr.

Im Herbst bin ich dann in der kleinen Bergschule in die dritte Klasse gekommen, da waren alle Kinder, von der ersten bis zur letzten Klasse, in einem Raum mit nur einer Lehrerin. Diese konnte schnell feststellen, dass ich mit dem Lernstoff der zweiten Klasse, ihren Viertklässlern schon weit voraus war, und wollte mich zu denen versetzen, doch das hatte ihr der Direktor nicht erlaubt. Mir war das nur recht, so musste ich mich weniger anstrengen, um die Beste von den sechs Drittklässlern zu bleiben. Mit neun Jahren habe ich den besten Aufsatz der Provinz Bozen geschrieben mit dem Titel: „Ich, das Regentröpfchen". Ein Jahr darauf habe ich wieder den ersten Preis im Aufsatzschreiben gewonnen. Ich war mächtig stolz auf mich, aber auch die Lehrerin und mein Vater haben sich mit mir um die Wette gefreut. Aber bei meiner Mutter konnte ich damit nicht punkten, sie hielt nicht viel von meiner Schreiberei, ihr war viel lieber, wenn ich tüchtig auf dem Hof mithalf und die Kinder hütete.

Das Ochsengespann

Bei uns in der Familie bekam jeder seine Arbeiten zugeteilt, die er zu verrichten hatte, und zusätzlich mussten wir uns an Mamas Motto halten: „Viele Hände machen der Arbeit ein Ende". Das hieß, dass wir einander
helfen mussten, bis jeder mit seinem Auftrag fertig war.

Nachdem ich meine Arbeit erledigt hatte und die Brüder noch in der Scheune werkeln hörte, wollte ich ihnen
beim Futter herrichten helfen. Aber das hatten sie bereits erledigt und waren eifrig mit dem Heuhüpfen beschäftigt, was Vater aber strengstens verboten hatte.
Denn dadurch wurde das Heu zu Kleie zertrampelt, und
diese blähte die Kühe zu sehr auf, was schon mehrmals
zuvor zu lebensbedrohlichen Koliken geführt hatte. Um
uns vom Heuhüpfen abzubringen, baute Vater uns über
der Tenne zwischen den Heuschobern eine Schaukel.
Dazu befestigte er zwei Enden eines langen Seiles am
Firstbalken unterm Dach, schnitt zwei Kerben in ein
rechteckiges Holzbrett und klemmte es unten in die
Seilschlaufe. Allerdings war auf der Schaukel nur für
einen Platz. Wer als nächstes drankommen wollte,

musste sich hintenanstellen und warten, bis die Schaukel frei wurde, während die Ungeduldigen weiterhin munter ins Heu hüpften.

Einmal hatte Maria sich in ihrem Sprung vertan und ist am Ende des Heuschobers gelandet, daran abgerutscht und genau in das offengelassene Futterloch unseres Ochsen gefallen. Das Scheppern des Holzdeckels über seiner Heuleiter ließ in ihm Vorfreude aufkommen. Mit starrem Blick und sabbernden Maul stierte er erwartungsvoll noch oben, doch anstelle des würzigen Heues, streckten sich ihm Marias Beine zwischen den Futtersprossen entgegen. Maria schrie wie am Spieß, und damit hatte sie den anderen Ochsen daneben derart verschreckt, dass er wie wild an seiner Kette zerrte und umhertrampelte.

Da war niemand mehr imstande, an ihm vorbei bis zur Futterleiter zu gelangen, um Maria mindestens wieder so weit hochzuschieben, dass die anderen sie von oben erfassen und aus ihrer misslichen Lage hätten befreien können. Einem der Oben-gebliebenen war es dann irgendwie gelungen, Maria am Schopf zu packen und sie wieder nach oben zu ziehen. Zum Glück war ihr bis auf einige Schrammen und einen gewaltigen Schrecken nichts weiter passiert. Die Ochsen hingegen brauchten noch etwas länger, um sich von dem Schrecken zu erholen. Obwohl beide von derselben Mutterkuh abstammten, waren ihre Charaktere doch ziemlich verschieden.

Was als Doppelspanner eben nicht ideal war. Besonders beim Einlernen zum Ziehen kam es oft vor, dass mit dem jüngeren Ochsen das Temperament durchging, und er samt Vater und Fuhrwerk den Kartoffelacker hinab stürmte und unten alles über den Haufen geworfen hatte. Ein anderes Mal, als Vater ihn mit einem zu lautem „Hüh" zum Losziehen ansportnte, preschte er los, drehte auf der Wiese einen Halbkreis und galoppierte zum Stall zurück, an dessen Tür er samt angehängten Mistwagen feststeckte. Vater blieb nichts anderes übrig, als weiterhin mit dem Temperamentsbündel vorliebzunehmen, denn ein richtiges Arbeitspferd konnten wir uns nicht leisten. Außerdem war ja noch der andere Ochs da, der für den nötigen Ausgleich sorgte, denn der ließ sich von nichts und niemand aus der Ruhe bringen. Er bekam es nicht mal mit, wenn man ihn von der Anbindekette losließ und die anderen Kühe schon längst vor dem Stall beim Wassertrog standen. Meistens brauchte er einen zusätzlichen Klaps auf das Hinterteil, um ihn aus seinen Träumereien zu reißen, damit er endlich in Zeitlupentempo aus dem Stall latschte. Wenn man die Kühe zum Weiden auf die Wiese trieb, trottete er immer als Letzter hinterher. Manchmal, wenn er so geistesabwesend mitten in der Herde stand und auf die andere Talseite glotzte, während die anderen Rinder gierig grasten, fragte ich mich, was er wohl gerade denken mochte, oder ob er überhaupt etwas dachte?

29

Die Antwort auf meine Fragen bekam ich im darauffolgenden Winter, als das Brunnenwasser vor dem Stall gefroren war. Da mussten die Tiere durch eine eingezäunte schmale Gasse entlang getrieben werden, um die nächste Wasserstelle zu erreichen. Und einmal geriet der Ochse wegen der übermütigen Kuhherde in Panik, blieb mitten im Weg stehen, um nachzusehen, was da hinter ihm los war. Dabei hatte er diesen Rindern den Weg abgeschnitten, so dass alle zusammengestoßen und übereinander gestolpert sind, und den Ochs unter sich begraben haben. Das war eine richtige Rinder-Karambolage.

Irgendwann beschlossen wir, den Ochsen auch einen Namen zu geben, so wie auch alle Kühe einen hatten. Da wir die beiden und ihre Eigenheiten mittlerweile ganz gut kannten, dürfte es doch nicht so schwer sein, eine geeignete Benennung zu finden, dachten wir. Aber so sehr wir uns auch bemühten, uns fiel einfach nichts Passendes ein. Wieder einmal standen mein Bruder und ich im Stall hinter den Ochsen und grübelten über die Namen, als Mama zur Tür hereinkam.

„Habt ihr nichts Besseres zu tun, als hier herumzustehen?", schimpfte sie und deutete zu den Putzutensilien auf der Ablage.

„Ja, haben wir, wir suchen Namen für die zwei Ochsen!", erwiderte mein Bruder spontan.

„Jetzt schlägt es gleich dreizehn, wozu brauchen diese zwei Kürbisse jetzt einen Namen?"

„Damit sie endlich selbst wissen, wer wer ist", gab ich ernsthaft hinzu. Mama schüttelte schmunzelnd den Kopf, während sie die gekochten Kartoffeln in den Schweinetrog leerte. Danach kam sie langsam und grübelnd näher, betrachtete die Ochsen von allen Seiten und meinte: „Ihr seid mir vielleicht zwei Kälber. Schaut euch die beiden doch mal genauer an, dann fällt euch schon etwas ein."

In dem Moment schwenkte der cine Ochs lallend seinen Kopf hin und her und schlug im Gleichtakt mit dem Schweif, während der andere mit verträumten Kuhaugen die Umgebung betrachtete.

„So, und nun wisst ihr, wie sie heißen, der da ist der Laller und der andere ist der Spoutzer (Glotzer). Und jetzt an die Arbeit mit euch, sonst werdet ihr gleich noch einmal getauft!", meinte Mama, griff nach der vollen Milchkanne und verließ damit dem Stall.

„Eigentlich hätten wir schon viel früher die Mama fragen sollen, anstatt uns die ganze Zeit den Kopf zu zerbrechen."

„Ist doch egal, die Hauptsache, die zwei Deppen haben jetzt genau diese Namen, die wie die Faust aufs Auge zu ihnen passen!"

„Stimmt, nun gibt es keine Verwechslungen mehr, und für die Ochsen ist es gewiss auch angenehmer, wenn sie mit ihren eigenen Namen angesprochen werden, anstatt ständig mit dem ‚Hüüüh Ochs' angebrüllt zu werden", entgegnete ich meinem Bruder.

31

Es war im März 1961, wir Geschwister schlenderten nach der Kirchmesse den Heimweg entlang, als Vater uns mit dem Ochsengespann dem verschneiten Weg entgegenkam. Ein Blick in Vaters Gesicht, und ich wusste, dass etwas Schlimmes passiert sein musste. Danach sah ich Mama, sie lag in Decken eingebettet auf dem Heuschlitten. Mit sorgenvollem Blick sah sie uns alle an.

„Was ist mit Mama?", rief ich in Panik Vater zu.

„Sie muss ins Krankenhaus ..., füttert die Viecher und schaut auf alles ..., weiß nicht, wann ich wiederkomme!", rief Vater uns zu, während er vergeblich versuchte, die Ochsen zu bändigen und sie zum Stehen zu bringen. Wie versteinert standen wir da und sahen ihnen nach, bis das Rauschen der Kufen und das Geklapper des Gespannes verebbte.

„Kommt, wir müssen weiter, die Kleinen sind alleine zuhause!", ermahnte uns Hans, der älteste Bruder. Wortlos und mit gesenkten Köpfen trotteten wir hintereinander her.

Ich war knapp 10 Jahre alt damals, und hatte keine Ahnung, was mit Mama los war, warum sie ins Krankenhaus musste.

„Weißt du, warum Mama krank ist?", fragte ich meinen größeren Bruder. Er zuckte nur ahnungslos die Schultern und ging weiter, und ich latschte starr vor Angst als Letzte hinter den anderen her. Da sah ich diese Spur im Schnee, sie zog sich wie ein roter Faden den Weg entlang. Was ist das? Ich streifte den Handschuh ab und griff in das gefrorene Rot, zerrieb es zwischen Daumen und Zeigefinger. Es war Blut. Die Blutspur wurde immer stärker je näher wir unserem Zuhause kamen. Zwischen Haus und Scheune, muss Vater wohl die Ochsen eingespannt und Mama auf den Schlitten geladen haben, dort sah es aus, als wäre am Tag vorher Schlachttag gewesen.

Als Vater gegen einundzwanzig Uhr endlich nach Hause kam, versammelten wir uns alle in der Stube um ihn.

„Unserer Mama geht es sehr schlecht, sie hat viel Blut verloren und sie musste operiert werden. Der Arzt konnte mir nicht versprechen, dass er Mama und das Kind durchbringen wird. Wir können jetzt nur noch für sie beten und hoffen, dass der da oben gnädig ist und uns hilft!", sagte er und deutete zum Kruzifix hinter den Stubentisch. „Also kniet euch nieder, wir beten für die beiden einen Rosenkranz. Im Namen des Vaters und des Sohnes ...", begann Vater zu beten, gerade als ich ihn noch schnell etwas fragen wollte. Ich verstand überhaupt nichts mehr, wusste nicht einmal, von welchem Kind er da redete oder dass wieder eines erwartet wurde. Es war doch kaum ein Jahr her, dass Mutter den zweiten Buben wieder im fünften Monat verloren hatte. Damals fand ich in der Waschküche zwei große Eimer voll mit blutigen Leintüchern, und auch da wollte mir niemand sagen, wer sich so fest verletzt hatte oder was geschehen war.

In meinem Kopf war die Hölle los, Gedanken drehten sich im Kreis, und verwickelten sich zu einem wirren Geflecht, das sich mit dem Gemurmel des Betens vermischte, von dem ich bis auf die schmerzenden Knie überhaupt nichts mitbekommen hatte. Dafür aber ging mir schön langsam ein anderes Licht auf, und ich nahm mir vor, in Zukunft etwas achtsamer zu sein, was diese Geheimnistuereien betraf. Es ging mir einfach nicht in den Kopf, wozu diese überhaupt nützlich waren, und sie wurden immer mehr, so dass ich mit meinem Denken überhaupt nicht mehr mitkam.

Schon sehr früh am nächsten Morgen machte sich Vater auf den Weg ins Krankenhaus, er kam wieder sehr spät am Abend nach Hause, und wieder mussten wir einen langen Rosenkranz beten. Zumindest haben wir anschließend erfahren, dass wir eine Schwester bekommen haben. Sie wog eineinhalb Kilo und musste drei Wochen im Brutkasten liegen. Vater erzählte uns auch, dass er mehrmals an Mamas Bett vorbeigelaufen ist, weil er sie nicht wiedererkannt hatte, so schlecht hatte sie ausgesehen. Eine ganze Woche lang ist Vater jeden Tag mit dem ersten Bus zu Mama ins 30 Kilometer entfernte Krankenhaus gefahren, bis der Doktor ihm sicher sagen konnte, dass Mutter und Kind außer Lebensgefahr waren. Trotzdem kam Vater an jenem Tag noch blasser und bedrückter nach Hause als die Tage zuvor. Er rührte auch das Essen nicht an, das wir ihm übriggelassen hatten. Er zog sich in die Stube auf die

Ofenbank zurück und starrte grübelnd vor sich hin. Nachdem wir mit der Küchenarbeit fertig waren, gingen die anderen ins Bett und ich setzte mich noch ein wenig auf die Holzkiste neben dem Herd, um in Ruhe darüber nachzudenken, was mit Vater wohl sein mochte. Ich verstand nicht, warum er so traurig und betrübt war, nachdem er jetzt doch wusste, dass es Mama wieder besser ging. Was war da nur, was ihn so quälte?

„Es ist bald Mitternacht, willst du nicht ins Bett gehen?"

„Oh ... Schon so spät? Ich wollte ..., ich dachte ... Ich will einfach nur wissen, wie es Mama wirklich geht."

„Komm rutsch mal ein bisschen!", sagte Vater und setzte sich zu mir.

„Mama hat es gepackt ... es geht ihr besser, auch das Kind wird durchkommen!", sagte er fast flüsternd.

„Dann ist doch alles gut?"

„Ja, Gott sei Dank ..., es ist noch einmal gut gegangen. Aber es war sehr knapp, Agnes, und das alles durch meine Schuld!"

„Versteh ich nicht. Was soll das heißen, Vater?"

Vater nahm einen tiefen Atemzug, dann erzählte er wörtlich, was der Arzt zu ihm gesagt hatte: „Es ist beinahe ein Wunder, dass die Frau das überlebt hat. Wenn Sie Ihre Frau noch eine Weile behalten wollen, dann setzen sie ihr Leben nicht so leichtfertig aufs Spiel. Sorgen Sie dafür, dass es kein weiteres Kind mehr geben wird, denn das überlebt sie mit Sicherheit nicht noch einmal." So erschüttert hatte ich Vater noch nie erlebt, und ich verstand auch nicht, warum er sich solche Vorwürfe machte und wieso alles seine Schuld sein sollte. Vater tat mir furchtbar leid, aber wie sollte ich ihm helfen, wenn ich es selbst nicht verstand.

Der Höllentanz

Am nächsten Tag suchte ich wieder mal die Scheune auf, um in Ruhe über alles nachzudenken und nach einer Lösung zu suchen. Auf der Schaukel ließ ich mich sachte vor und zurück wiegen, dachte an Vater und an das, was der Arzt zu ihm gesagt hatte. Ich sah Mamas Gesicht wieder vor mir, die Angst in ihren Augen, als sie hinten auf dem Schlitten gelegen hatte. Ganz langsam drehte ich mich auf der Schaukel im Kreis, die zwei Seile verschlangen sich immer mehr und höher ineinander, wodurch auch der Abstand zum Boden immer größer wurde, so dass ihn meine Fußspitzen kaum noch erreichten. Um mich besser abstützen zu können, schob ich mit dem Fuß eine daneben liegende Holzkiste heran und schraubte mich wie eine Spirale immer höher. Zwischen den Ritzen der Scheunenwand konnte ich die Bank vor dem Haus sehen, auf der Mama im Sommer immer gesessen und Socken gestrickt hatte.

Plötzlich überfiel mich panische Angst, ich stellte mir vor, was wäre, wenn Mama überhaupt nie mehr nach Hause käme? Schon allein die Vorstellung daran, drückte mir einen Kloß in den Hals. Was würden wir ohne unsere Mama nur tun? Obwohl ich mich immer auf jedes neue Geschwisterchen gefreut hatte, aber dafür Mama verlieren? Nein. Niemals! Was könnte ich nur dazu beitragen, damit das nie passiert?

Und wenn es tatsächlich Vaters Schuld war, dann sollte er die Suppe gefälligst selbst auslöffeln, die er sich eingebrockt hatte. Mit den Zehenspitzen rückte ich die Holzkiste wieder etwas näher heran. Da sah ich einen nassen Fleck auf meiner Schürze und spürte, wie Tränen über meine Wangen liefen. Mit dem Schürzenzipfel wollte ich sie schnell wegwischen, aber da war es schon zu spät. Mit nur einer Hand konnte ich die verdrehten Seile nicht mehr zusammenhalten, gleichzeitig rutschte ich mit dem Fuß von der Kiste ab und verlor den Halt. Die verschlungenen Seile wickelten sich immer schneller auseinander und ich wusste nicht mehr, wie mir geschah, während es mich mit voller Geschwindigkeit um die eigene Achse drehte. Scheunenwände, Kornschlegel, Tragekraxen, Graskörbe und Heuschober zogen in Windeseile vor meinen Augen vorbei. Verzweifelt versuchte ich mit den Füßen irgendwo einzuhakeln oder festzuhalten, doch sie strampelten nur leer in der Luft und der Höllentanz ging weiter, bis die Auseinanderwicklung der Seile stetig näher meinen Händen kam, da gelang es mir im richtigen Moment, die beiden Seile einzeln zu erfassen und soweit auseinander zu halten, dass sie sich nicht wieder erneut in die andere

Richtung zusammendrehen konnten. Mit einem gewaltigen Beutler hielt der Tanz an und ich erreichte wieder Boden unter den Füßen, obwohl sich um mich herum alles noch weiterdrehte. Kotzübel und benommen rutschte ich vom Sitzbrett und sackte zu Boden. In meinem Kopf rauschte es wie ein Wildbach und der Magen rumorte. Ich wollte aufstehen, aber meine Beine knickten wieder ein und ich musste mich übergeben. Mir war so schlecht, dass ich glaubte, gleich sterben zu müssen. Aber das war mir egal, sogar recht, darum drehte ich mich auf den Rücken, schloss die Augen und wartete auf die Erlösung. Von irgendwo weit her, vernahm ich Vaters Stimme und verschwommen sah ich zwei Hosenbeine vor mir stehen.

„Was machst du denn da? Wir haben schon überall nach dir gesucht! Und wie siehst du überhaupt aus?", fragte Vater.

„Mir ist übel", murmelte ich. „Hab mir die Finger am Seil eingeklemmt, der Kopf und der Bauch tun mir auch weh", jammerte ich. „Ich glaub, ich bin gerade gestorben, Vater!"

„Wenn es noch an so vielen Stellen weh tut, dann ist das ein gutes Zeichen, dass man noch am Leben ist!", meinte er.

Zuerst zweifelte ich noch an seiner Behauptung, doch nachdem ich in sein lächelndes Gesicht blinzelte und die noch baumelnde Schaukel neben ihm sah, gestand ich mir erleichtert ein, dass er wohl wieder mal recht hatte.

Vater half mir beim Aufstehen und begleitete mich ins Haus.

„Am besten, du legst dich gleich ins Bett, wirst sehen, bis morgen ist alles wieder gut!", meinte er aufmunternd und setzte mich im Flur auf die unterste Treppenstufe. Mitleiderregend kroch ich auf allen Vieren die Holztreppe hinauf, den Flur entlang bis ins Zimmer, dort rappelte ich mich wieder auf und ließ mich wie ein Mehlsack ins Bett fallen. Mir war kalt, ich starrte auf die kleine Glühbirne an der Zimmerdecke und wünschte mir, dass Mama jetzt hier wäre. Sie hätte mich ganz bestimmt nicht unten an der Treppe abgesetzt, sondern in der warmen Stube auf dem Diwan gebettet. Sie hätte mir einen frischen Kräutertee gekocht, sich zu mir gesetzt und sich um mich gekümmert. Obwohl ich mich eigentlich ja viel lieber an Vaters Seite aufhielt, weil er mich nie tadelte, wenn ich mich mal wieder in meine Tagträume verlor und dadurch meine Arbeitspflichten vernachlässigte. Doch wenn es um das bestimmte Gespür und die Fürsorge ging, da konnte er unserer Mama das Wasser bei weitem nicht reichen. So wie auch ein Jahr zuvor, als ich an einer schweren Lungenentzündung erkrankt war.

Der Duft
von Jasmin

Da lag ich in der Stube auf dem Diwan, schaute aus dem Fenster und beobachtete die Schneeflocken, die wirbelnd zu Boden tanzten. Mit halbgeschlossenen Augen versuchte ich die größten Flocken zu verfolgen und einzufangen. Bald aber wurde ich zu müde, meine Augen brannten und fielen mir immer wieder zu. Fieber trieb mir Schweißperlen auf die Stirn und kleine Rinnsale flossen über meinen Körper hinab. Alles um mich herum war feucht und heiß. Mir war, als läge ich in einem dampfenden Moor, in dem ich gleich versinken und ersticken würde. Mit ganzer Kraft versuchte ich, mich aus dem immer weiter nach unten ziehendem Sog zu befreien, bis ich schließlich einen Gegenstand ertastete, an dem ich mich festhalten und an die Oberfläche ziehen konnte.

Es war Mama, sie saß auf meinem Bett und hielt meine Hand. Ich konnte sie nur schemenhaft erkennen, denn es war, als krochen lauter dunkle Wolken um sie herum.

„Trink den Tee aus, wenn er abgekühlt ist!", sagte Mama fürsorglich, bevor sie sich erhob und das Zimmer verließ.

„Das Fieber steigt ... ich kann es nicht mehr aufhalten ... wir müssen den Arzt holen, schnell!", hallte Mamas Stimme wie ein Echo im Flur.

„Ich lauf schon, bleib du bei Agnes!", hörte ich Vaters Stimme im Hausflur. Würziger Kräuterduft stieg mir in die Nase, ich hatte Durst und mein Hals war ausgetrocknet. Ich wollte zur Teetasse greifen, doch meine Arme bewegten sich nicht, sie fühlten sich an wie zwei Bleiklötze. „Mama, bitte hilf mir", wollte ich rufen, doch ich bekam nur ein mühsames Krächzen hervor, während ich sehnsüchtig hinüber zur Stubentür sah. Durch die Türritzen brach ein ungewöhnlich helles Licht herein und warf lange Lichtsäulen auf den Fußboden. Langsam, knarrend wurde die Tür aufgeschoben, und es war, als zwängte sich ein großer Lichtkegel herein, der vom Boden bis an die Zimmerdecke reichte. In der Mitte des Lichtkreises wurden die Umrisse einer Gestalt immer deutlicher. Zuerst sah ich nur zwei nackte Füße am Boden, dann glitt mein Blick immer höher an seinem Körper entlang bis zum Gesicht. Er war wunderschön und er lächelte. Er kam mir bekannt vor, wusste aber nicht warum. Und ich freute mich riesig, dass er endlich da war, so als hätte ich schon lange auf ihn gewartet. Er trug ein weißes langes Seidenkleid, das am Saum und an den Ärmeln mit Goldfäden bestickt war und er hatte blondes lockiges Haar, das ihm weich über die Schultern fiel. Seine mächtigen, flauschigen Flügel schwang er leicht auf und ab und es war, als verströmte er dabei einen frischen Blumenduft, der mich an den Jasmin am Gartenzaun und an Sommer erinnerte.

Mit kleinen Schritten kam er auf mich zu und blieb vor meinem Bett stehen. Er streckte die Hand aus und strich eine nasse Haarsträhne aus meiner Stirn und flüsterte mir aufmunternd zu:

„Du musst keine Angst haben, kleine Agnes, es wird alles wieder gut!"

„Wer bist du?", fragte ich zaghaft.

„Ich bin Gabriel, dein Schutzengel", antwortete er.

„Und warum bist du jetzt hier?"

„Weil ich dich beschützen muss ..., so wie damals, als du noch ganz klein warst. Weißt du das nicht mehr?"

„Nein, das habe ich bestimmt vergessen, aber schön, dass du jetzt da bist!" Er sprach noch eine Weile mit mir, dann legte er seine Hand auf meinen Arm und sagte: „Schlaf jetzt, schlaf dich gesund, ich werde dir einen Traum schenken, in dem du dich erinnern und mich wiedererkennen wirst!"

Danach drehte er sich um, ging wieder zurück bis zum großen Lichtkegel, stieg in ihn hinein und breitete darin seine weiten Flügel aus. Dann sah ich ihn nicht mehr, obwohl das schöne warme Licht immer noch da war.

Auf einmal konnte ich wieder klarer sehen, auch mein heißer Körper war abgekühlt. Ich griff nach der Tasse und nahm einen Schluck von dem Kräutertee, als Mama zur Tür hereinkam. Mitten im Raum blieb sie jedoch so abrupt stehen, dass ihr der Deckel von der Teekanne rutschte und die Hälfte der Flüssigkeit sich über ihre Küchenschürze ergoss. Verwundert sah sie sich in der Stube um, bevor sie zu mir ans Bett trat. Forschend sah sie auf mich herab und augenblicklich huschte ein zufriedenes Lächeln in ihr Gesicht. Sie fühlte meine Stirn und zog den Fiebermesser unter meiner Achsel hervor.

„Gott sei Dank, das Fieber geht zurück!", seufzte sie erleichtert und setzte sich zu mir ans Bett.

„Mama, hast du auch einen Schutzengel?"

„Ja sicher, jeder Mensch hat einen Schutzengel ..., und Kinder haben sogar oftmals die größten!"

„Das weiß ich Mama, weil mein Schutzengel gerade eben hier bei mir war, er hat mich besucht!"

„Ach Kind, du hattest hohes Fieber und hast nur fantasiert!"

„Nein Mama, das habe ich ganz sicher nicht, ich habe ihn ganz deutlich gesehen, er stand genau hier, wo du jetzt stehst und er hat sogar mit mir gesprochen!"

„Aha, und was hat er denn gesagt?"

„Er sagte, er sei Gabriel, mein Schutzengel, und er wäre gekommen, weil ich seine Hilfe brauchte. Ich habe ihn gefragt, ob ich jetzt auch ein Engel werde und mit ihm in den Himmel fliegen darf."

„Und, was hat er darauf geantwortet?"

„Er meinte, dass das noch zu früh wäre, weil ich hier noch gebraucht werde. Außerdem hätten sie schon so viele kleine Engel im Himmel oben, darunter seien auch meine drei kleinen Geschwisterchen! Dann hat er noch erzählt, dass er mich schon einmal zurückbringen musste, als ich noch ganz klein war. Aber was er damit wohl gemeint hat? Das habe ich nicht verstanden! Weißt du das vielleicht, Mama?", fragte ich und sah sie erwartungsvoll an.

Dann sah ich, wie sich ihre Augen mit Wasser füllten.

„Warum weinst du denn, Mama? Es ist doch alles wieder gut!"

„Ja Kind, da hast du recht, man soll ja auch zufrieden und dankbar sein!", meinte sie seufzend und erhob sich. „Es ist schon bald Mittagszeit, ich muss in die Küche und du ruhst dich inzwischen noch etwas aus!"

Kaum war Mama aus der Tür, schloss ich die Augen und dachte an den Engel, wie wunderschön er doch war und wo er jetzt wohl sein mochte. Dann schlief ich ein und versank in einen sonderbaren Traum, den ich nie mehr vergessen habe:

In einer kleinen Bauernstube stand eine Kinderwiege. Neben der Wiege saß Mama auf einem Stuhl. Sie hatte ihre Hände auf dem Schoß zu einem Gebet gefaltet, ihre Augen waren in die Wiege gerichtet und Tränen flossen wie viele kleine Rinnsale über ihr Gesicht. Vater stand hinter ihr, er hatte die Hand auf ihre Schultern gelegt, und er weinte auch. Am linken Fuße der Wiege stand unser Arzt und zur rechten Seite ein Priester. Und alle Blicke waren in die Wiege gerichtet.

„Heilige Mutter Gottes, ich flehe dich an, lass unser Kind nicht sterben!", unterbrach Vaters schluchzendes Bitten die Stille des Raumes. Eine weiße brennende Kerze auf dem kleinen Sims unterm Herrgottswinkel flackerte wild auf, als würde sie sich gegen den Luftzug wehren, der sie auslöschen wollte. Da stand er, auf der anderen Seite der Wiege, gegenüber von Mama. Ich habe ihn gleich wiedererkannt. Es war Gabriel – mein Schutzengel. Und er hielt ein kleines Bündel in seinen Armen. Er legte es sachte in die Wiege, sah auf das Kind hinab und flüsterte ihm zu: „Du musst hierbleiben, kleiner Engel, aber irgendwann sehen wir uns bestimmt wieder!"

Das leblos scheinende Gesichtchen des Kindes entspannte sich, es bewegte die Lippen und lächelte im Schlaf. Der Engel bückte sich über die Wiege, streichelte dem Kind über die Wangen, dann erstrahlte ein großer Lichtschein vor dem Stubenfenster, der sich gleich darauf in die dunkle Nacht verzog.

Geschirrklappern und Stimmengewirr rissen mich aus dem Schlaf und ich musste mich erstmal eine ganze Weile orientieren, bis ich wusste, wo ich mich überhaupt befand.

„Ja, es geht ihr jetzt besser ... doppelte Lungenentzündung, meinte der Arzt ... Sie hatte wohl wieder einen ganz besonders großen Schutzengel!", hörte ich Vater draußen im Flur.

„Das muss wohl so sein, anders kann ich mir das Wunder nicht erklären!", erwiderte Mama. Stück für Stück kehrten die Erinnerungen an die letzten Stunden wieder zurück. Dieses Licht, der schöne Engel, der Traum, das Kind in der Wiege. Und plötzlich wusste ich, warum der Engel mir so vertraut und bekannt war. Müde schloss ich erneut die Augen, ließ den ereignisreichen Tag und den wundervollen Traum, noch etwas in mir nachwirken und lauschte den Gesprächen, die von der Küche hereindrangen und wunderte mich, dass meine Eltern vom Schutzengel redeten, obwohl Mama mir nicht geglaubt hatte, als ich ihr gerade eben davon erzählt habe. *Wahrscheinlich haben sie ihn damals auch nicht gesehen, als er mich ihnen wieder zurückgebracht und in die Wiege gelegt hatte, sonst hätten sie es mir bestimmt schon längst erzählt,* überlegte ich, als die Stubentür aufgestoßen wurde und Mama mit einer großen Schüssel voll Knödel und Suppe herein kam, und hinter ihr her im Schlepptau die ganze hungrige Meute.

Flink rutschte einer nach dem anderen auf die Bank hinter den großen Stubentisch und schielten erwartungsvoll auf die dampfende Schüssel.

„So, und jetzt alle wieder heraus, zuerst wird gebetet!", verkündete Vater streng und setzte zum Tischgebet an, währenddessen Mama mir einen Teller voll Suppe brachte, die ich in einem Zuge leer trank, bevor das Vaterunser beendet war. „Und die da drüben kriegt wohl wieder eine Extrawurst", maulte Sepp, bevor er sich wieder hinsetzte.

„Nein, die da drüben kriegt heute nur die leere Suppe, und wie ich dich kenne, wirst du wohl wieder ihren Knödel verputzen", meinte Vater.

Einige Monate später durfte ich mit meinen Eltern zur Muttergottes nach Maria Weißenstein pilgern, so wie es Vater und Mama vor Jahren versprochen hatten. Auf dem langen Weg dorthin erzählten sie mir, dass ich als Baby beinahe an einer Bronchitis und einer starken Lungenentzündung gestorben wäre. „Deshalb gehen wir heute zur Muttergottes, um ihr für deine Rettung zu danken", setzte Vater hinzu und drückte meine Hand noch etwas fester. Als wir die vielen steinernen Stufen zur Kirche emporstiegen, blühte der Jasmin an der ganzen Randmauer entlang. Der milde, mir vertraute Duft verbreitete sich bis ins Innere der Kirche. Absichtlich schlich ich mich einige Schritte hinter meinen Eltern zurück, damit sie mich nicht hörten, wenn ich meinem Schutzengel zuflüsterte: „Lieber Schutzengel, ich weiß, dass du jetzt auch da bist. Bitte verzeihe meinen Eltern, dass sie sich hier beim falschen Lebensretter bedanken, aber sie wissen es nicht, dass du es warst, der mich gesund gemacht und mir geholfen hat. Doch wenn ich ihnen das vorher gesagt hätte, dann wären sie sicher nicht mit mir hierher nach Weisenstein gegangen, sondern hätten die Angelegenheit direkt bei uns in der Kirche geregelt. Und darum möchte ich mich jetzt selber bei dir bedanken, dass du mich immer beschützt und auf mich aufgepasst hast. Ich bitte dich auch, dass du weiterhin bei mir bist, wenn ich deine Hilfe brauche, und dass du mich überallhin begleitest ... so wie auch heute hierher! Und ich danke dir auch für den schönen Traum, den du mir geschenkt hast. Amen!"

Weihnachten

Vielleicht war mein Schutzengel sogar bei mir in der Scheune oder auf der Schaukel gewesen und hat auf mich aufgepasst und dafür gesorgt, dass es mir bis zum nächsten Morgen wieder gutging. Und nach einem Teller Einbrennsuppe und einer Tasse kuhwarmer Milch zum Frühstück hatte sich auch mein flauer Magen wieder vollständig erholt.

Ich war überglücklich, als Vater uns drei Wochen später mitteilte, dass Mama in einigen Tagen nach Hause kommt. Gleichzeitig beauftragte er uns alles aufzuräumen und zu putzen, damit Mama keinen Saustall vorfindet und womöglich an der Haustür wieder kehrt macht. Sofort halfen wir alle zusammen, wuschen die Wäsche, schrubbten die Holzböden, putzten die Fenster und striegelten die Kühe blitzblank. Den kleinsten Bruder siedelte ich von der Wiege in das Kinderbett um, damit ich alles für das Neugeborene vorbereiten konnte.

Als es dann endlich soweit war und Mama uns die kleine Schwester zeigte, besser gesagt, zeigen wollte – sie musste nämlich eine ganze Weile in den Windeln und Deckchen wühlen und suchen, bis sie den Winzling endlich fand. Wie die Orgelpfeifen standen wir im Halbkreis um sie herum und bestaunten das kleine Menschlein. Auf meine empörte Frage hin, warum sie sich denn ausgerechnet so ein kleines Kind ausgesucht hatte, bekam ich zur Antwort, dass es ein Siebenmonatskind sei. Wieder einmal verstand ich nicht, was sie damit gemeint hatte, aber ich fand mich mit dieser Erklärung ab, und war einfach nur froh, dass Mama endlich wieder zuhause war.

Da sie sich aber mit dem Kind alle paar Stunden ins Elternzimmer zurückzog und sogar noch die Tür hinter sich verriegelte, war meine Neugier wieder geweckt. Ich fragte mich ernsthaft, was Mama mit dem kleinen Wurm wohl für Geheimnisse haben mag? Da stank etwas ganz gewaltig und ich musste dieser Sache unbedingt auf den Grund gehen. Vorsichtig schlich ich mich von außen an das Zimmerfenster heran und spähte hinein. Doch als ich Mama mit dem Kind auf dem Arm auf ihrem Bett sitzen sah, verstand ich noch weniger als vorher. Warum sitzt sie nur mit dem Kind im eiskalten Zimmer, wenn sie es in der warmen Stube doch viel gemütlicher haben könnte? *Das stinkt nicht nur, da muss schon richtig was faul sein,* dachte ich und drückte meine Nase noch platter an die Fensterscheibe.

In dem Moment legte sie das Kind auf den anderen Arm, hob ihre Bluse an und drückte den Kopf des Kindes an ihre Brust.

„Heiliger Strohsack", entfuhr es mir laut. Mama tränkte das Kind, und zwar genauso wie die Blume ihr Kalb, nur in einer etwas anderen Stellung! Langsam dämmerte es mir und ich fing an zu begreifen, wie hier die Musik spielte. Trotzdem verblieben noch einige Ungereimtheiten, denen ich auf die Schliche kommen wollte. Um darüber nachzudenken, zog ich mich diesmal nicht wieder auf die Schaukel in der Scheune zurück, sondern setzte mich im Ziegenstall in die Futterkrippe zu meiner Ziege „Blässe". So wie es Vater mir befohlen hatte, habe ich zweimal täglich die Blässe gemolken, die noch frische Milch habe ich dann sofort zu Mama gebracht, damit sie und das Neugeborene schneller wieder zu Kräften kamen.

Während ich grübelnd in der Krippe vor der Blässe saß, schleckte sie abwechselnd mein Gesicht und knabberte an meinen Zöpfen. Da fiel mir das Christkind in der Krippe und Weihnachten wieder ein. Wie jedes Jahr ging Vater mit uns Kindern zur Mitternachtsmette. Wenn der Weg nicht ganz zugeschneit war, fuhren wir mit der Rodel ins Dorf. Pater Zölestin, der die Messe zelebrierte, war kein Mann der schnellen Truppe, er hatte beim Sprechen den Wiederholungs-Tick. Deshalb dauerte seine Messe auch immer doppelt so lange als normal, und meistens sind wir Kinder schon nach der ersten Hälfte eingeschlafen, so dass Vater jeden einzelnen erst aufwecken musste, bevor er mit uns zum Heimweg aufbrechen konnte. Zuhause angekommen, mussten wir schnell ins Bett, aber wir freuten uns auf das Aufwachen am Morgen. Denn da war inzwischen das Christkind gekommen. Das letzte Mal habe ich es sogar gesehen. Unser Mädchenzimmer lag genau über der Stube. Auf dem Fußboden neben meinem Bett war eine kleine viereckige Öffnung mit einem Holzdeckel darauf, die dazu dienen sollte, die überschüssige Wärme des Stubenofens entweichen zu lassen.

Nachdem ich ein andauerndes Rascheln und Rumoren hörte, rutschte ich leise aus dem Bett, öffnete den Deckel am Boden und schielte hinab in die Stube. Die Öffnung aber war zu klein, oder mein Kopf zu groß, jedenfalls konnte ich ihn nicht soweit hindurchstecken, dass ich unten hinüber bis zum Stubentisch schauen konnte, von wo das Geräusch herkam. Aber die Füße vom Christkind habe ich trotzdem gesehen. Sie steckten in Mamas Pantoffeln und latschten auf dem Boden vor dem Tisch hin und her, vermutlich war es dabei, die Gaben auf die vorbereiteten Suppenteller zu verteilen. Darin fanden wir am Morgen dann die Äpfel, Orangen, getrocknete Feigen, Erdnüsse und für jeden noch eine Kleinigkeit zum Anziehen, so wie Kopftücher, Mützen und handgestrickte schafwollene Socken und Handschuhe. Spielsachen waren nie dabei. Dafür aber hatte das Christkind letztes Weihnachten genau dieselben Socken gebracht, die Mama im Sommer auf der Bank vor der Haustür gestrickt hatte. Bei den Mädchensocken war ein dunkelroter Streifen in den Bund gestrickt und bei den Buben ein hellgrüner, so wie es eben nur unsere Mama machte. Und somit war ein weiteres Geheimnis gelüftet, das ich jedoch schön brav für mich behielt, damit die andern nicht wussten, dass ich es schon weiß. Schließlich musste ich mich auch alleine durchkämpfen, mein Hirn anstrengen, um der Wahrheit tröpfchenweise auf die Spur zu kommen.

Wozu aber alle diese Heimlichtuereien gut waren, bin ich eigentlich nie draufgekommen. Doch das war eben zu jener Zeit so, auch bei den Nachbar-Familien, dass man als Zehnjährige noch an das Christkind geglaubt hat und immer wieder erneut auf die falschen Fährten geriet, wenn man nach Kälbchen oder der Wahrheit gesucht hatte. Das war damals nichts Ungewöhnliches, und es war auch ganz logisch, dass man mit der Zeit diese Macken der Erwachsenen annahm, die sie uns vorgelebt haben. Sehr schnell lernten auch wir, Ausreden zu erfinden und zu flunkern, was das Zeug hielt. So habe ich meinen Eltern auch einen Sonnenstich vorgegaukelt, als ich im Hochsommer während der Heuernte aus Versehen zur falschen Flasche griff, und anstatt Himbeersaft einen halben Liter Wein über den Durst trank. Zum einen wäre ich ohnehin nicht mehr in der Lage gewesen, ihnen die wahre Ursache noch lang und breit zu erklären, ich war so betrunken, dass ich nicht mehr alleine stehen konnte. Zum anderen blieben mir die Vorwürfe und Beschimpfungen der Eltern und das schadenfrohe Gelächter meiner Geschwister erspart. Etwas Gutes aber war an der Sache dennoch dran, und zwar hat Vater mich nach langer Zeit wieder mal auf seinen Arm genommen, und von der hintersten Wiese bis ganz nach Hause getragen und auf den Diwan gelegt. Mama, die gleich dazukam, hatte den Braten ..., beziehungsweise die Weinfahne viel schneller gerochen als ich ihr zulallen konnte. Da sie mich und meine Eigenheiten ziemlich gut kannte, hatte sie mein Missgeschick gleich geahnt. Sie hat es weder auf die große Glocke gehängt, noch hat sie mich verpfiffen, sondern das Geheimnis für sich behalten. Das habe ich ihr sehr zum Guten gehalten.

Doch ich bin nicht immer so glimpflich und schmerzlos davongekommen. Wie üblich gingen Vater, Mama und die Brüder am frühen Morgen zum Füttern in den Stall und ich musste in der Zwischenzeit das Frühstück herrichten und die Kleinen füttern. Da diese aber noch schliefen, nutzte ich die übrige Zeit, um den doppelten Salto vom Stubentisch zu probieren, den wir kurz vorher im Heustadel geübt hatten. Auf den Boden breitete ich eine dicke Wolldecke aus, stieg auf den Tisch, schlang die Arme über den Nacken, zählte bis drei und sprang hinunter. Eingerollt wie ein Igel steckte ich dann unter der langen Eckbank fest. Mein Rücken schmerzte, als stießen hundert Pfeile gleichzeitig auf mich ein, ich röchelte, rang nach Luft und glaubte, jeder Atemzug wird gleich der letzte sein. Plötzlich flog die Tür auf und Marias Füße stapften heran und blieben vor mir stehen. „Was machst du denn da unten drinnen", fragte sie keck und ging vor mir in die Hocke. Da erst begriff sie meine missliche Lage, packte mich fest mit beiden Händen und zerrte mich hervor. Ein höllischer Schmerz durchfuhr meinen linken Rippenbogen, ich röchelte und stöhnte. „Du bist doch nicht etwa von da runterge-sprungen?"

Sie deutete vom Tisch zum Boden. Ich konnte nicht antworten, rang weiter verzweifelt nach Atem. Das muss sie so erschreckt haben, dass sie mit einem Satz aus der Tür war, um Mama zu holen. Nun war alles aus. Wie sollte ich in dieser Situation eine Ausrede finden, wenn ich nicht mal atmen konnte, geschweige denn re-den. Mir blieb nichts anderes übrig, als meine Dumm-heit offen und stumm darzulegen und mich mit einer gewaltigen Moralpredigt abzufinden. Doch Mama sagte vor Schreck erstmal nichts. Nachdem sie in mein blau angelaufenes Gesicht gesehen hatte, half sie mir auf und führte mich stützend zum Diwan. Dann schickte sie Maria in den Stall, um Vater zu holen, der schickte einen Bruder in das nächste Dorf, um Onkel Hans zu holen. Onkel Hans war der Mann von Vaters Schwester Rosa und er war als Bauerndoktor weitum bekannt und be-liebt, er war die erste Hilfe in jeder Notlage, und das bei Mensch und Tier.

Onkel Hans kam noch am selben Vormittag. Vorerst vergewisserte er sich, ob alle Fenster und Türen in der Stube gut verschlossen waren. Ich wunderte mich schon, ob er jetzt wegen mir gekommen war, oder ob er Fenster und Türen reparieren wollte. Nachdem er aber alle vier Vorhänge zugezogen, ein Geschirrtuch zusammengerollt und mir zwischen die Zähne geschoben hatte, ahnte ich seine Vorhaben.

„So Agnes, jetzt werden wir mal schauen, ob wir die Rippen wieder da hinkriegen, wo sie hingehören. Wenn es weh tut, dann beißt du fest in das Tuch, so schreist du erstens nicht die ganze Nachbarschaft wach und zweitens bleiben damit deine Zähne noch heil." Doch kaum hatte er die erste Rippe berührt, durchfuhr mich ein brennender Schmerz, der bis zu den Zehen schoss. Ich riss mir das Tuch aus dem Mund und schrie aus vollen Leibeskräften, was ganz bestimmt bis weit über die Nachbarschaft hinaus zu hören gewesen war. Jedenfalls hatte ich damit für reichlich Aufmerksamkeit und Hilfsbereitschaft gesorgt, denn nachdem das Martyrium nach einer halben Ewigkeit endlich zu Ende war, spähten mehrere neugierige Gesichter zwischen den Vorhangschlitzen herein.

Als Onkel Hans die Zaungäste sah, huschte ein verschmitztes Lächeln in sein Gesicht, er sagte: „Jetzt kannst du mal sehen, wie viele Zuhörer du mit deinem neuen Jodler und der schönen klaren Stimme angelockt hast, und deine Rippen sind jetzt auch wieder alle da, wo sie hingehören. Aber die Heuhüpferei solltest du besser ein paar Monate verschieben, nicht dass ich bald wiederkommen muss!", setzte er noch hinzu, bevor er sich verabschiedete. Diese Aussage hat gesessen, ich nahm mir fest vor, in Zukunft besser aufzupassen, damit mir so etwas nicht wieder passiert.

Aber es dauerte nicht gar so lange, bis ich mich wieder in das nächste Dilemma katapultierte. Zum Glück konnte ich es aber so drehen, dass ich die Schuld dafür dem Ochsen zuschieben konnte. Es war ja auch wirklich seine Schuld, wenn er ohne zu denken in sein eigenes Unglück rennt. Alles begann an jenem Tag, als ich wieder einmal zum Kühe hüten eingeteilt wurde. Ich musste das Vieh bis zu einem schmalen Seitental treiben, wo ein Bach den Wald von den angrenzenden Feldern trennte. Dort sollte ich sie an der lichten Waldgrenze bis zum Abend weiden lassen.

Damit mir nicht langweilig wurde, nahm ich mir gerne eine Stickarbeit mit. Ich saß schon einige Zeit auf einem der großen moosbedeckten Steine und war in meine Arbeit vertieft, als ich plötzlich eine seltsame Stille um mich herum wahrnahm. Mit einem Satz sprang ich auf und sah mich nach der Kuhherde um. Doch es war weit und breit weder eine Kuh zu sehen, noch eine ihrer Glocken zu hören, als hätten sie sich in Luft aufgelöst. Panik ergriff mich, als ich an den gefährlichen Abhang dachte, wo vor einiger Zeit schon einmal zwei Rinder von einem Nachbarn abgestürzt waren. Hastig stopfte ich die Handarbeit in meine Schurztasche und lief so schnell ich nur konnte den Wald entlang. „Heiliger Martin, ich bitte dich, mach dass die

Viecher irgendwo anders hingegangen sind und nicht zu dem gefährlichen Ort. Und wenn schon, dann beschütze sie wenigstens, vor allem unsere besten Kühe!", betete ich. Außer Atem erreichte ich die Waldlichtung vor der Talsenke, als ich das Glockengebimmel hörte. Mit letzter Kraft und pochenden Herzen lief ich auf die nächste Anhöhe zu, von dort oben konnte ich dann auch die ganze Herde sehen, die seelenruhig etwa zehn Meter vor dem gefährlichen Abgrund grasten. Nun war genaue Überlegung angesagt, ich musste sie schnell von dieser Stelle wegkriegen und zurück in den Wald treiben. Zuerst versuchte ich, sie mit einer Handvoll Grasbüschel anzulocken, was aber nichts brachte, denn die wollten sie sich selbst dort holen, wo ich es ausgerissen hatte und kamen immer näher zum Steilhang. Flink schlich ich mich von der rechten Seite an sie heran und stand nun mit schlotternden Knien zwischen dem Steilhang auf meiner rechten Seite und den Kühen auf der linken Seite.

Dann schnappte ich mir einen langen Holzstock vom Boden und wedelte damit drohend hin und her, um sie zurück zu scheuchen. Widerwillig trottete eine nach der anderen langsam in dem Wald zurück. Geschafft! Erleichtert atmete ich auf, bis die Luft mir im Halse stecken blieb, als ich den langsamen Ochsen sah, der von der Herde ausbrach und mit vollem Tempo auf mich zukam. Um ihm den Weg vor dem Abgrund abzusperren, sprang ich schnell vor ihm her, fuchtelte abwehrend mit den Armen, und flutsch stolperte ich über eine hervorstehende Baumwurzel. Ohne den Ochsen aus den Augen zu lassen, rappelte ich mich auf, dabei wühlte ich mit den Füßen Steingeröll und Erdmasse auf, ich verlor erneut den Halt, rutschte bäuchlings rückwärts und plötzlich baumelten meine Beine über dem Abhang in der Luft. Mit der anderen Hand suchte ich nach etwas, woran ich mich besser festhalten konnte, dabei löste sich immer mehr Steingeröll ab und polterte krachend in die Tiefe, wo senkrecht unter mir der Wildbach rauschte und dröhnte. „Nur nicht hinunterschauen, bleib ruhig, Agnes", sagte ich zu mir, in dem Moment sah ich auf der rechten Seite neben mir eine dicke Steinplatte, die wie eine Treppenabsatz aus den Felsensteinen hervorstand, und knapp darüber drängte sich hartnäckig ein junges Fichtenbäumchen zwischen zwei Steinspalten hervor. Vorsichtig hievte ich mich soweit hoch, dass ich einen starken Zweig des Bäumchens erfasste, hangelte mich daran noch etwas höher, setzte das rechte Knie auf die Steinplatte auf und schwang mich mit einem kräftigen Ruck nach oben. Dort krabbelte ich wie ein flüchtiger Mistkäfer auf allen Vieren den moosigen Waldboden entlang.

Total erschöpft und am ganzen Körper zitternd, saß ich mit dem Rücken an einem dicken Lärchenstamm gelehnt und starrte hinüber zu der Stelle am Abhang, wo ich den zerrupften Wipfelzweig eines kleinen Fichtenbäumchens vage erkennen konnte. Ich war einfach nur erstaunt, wie stark und zäh so ein kleines Bäumchen sein kann und war unendlich dankbar, dass es mich so lange gehalten hatte. Dann muss ich wohl eingenickt sein, denn lautes Geflatter und Krähengeschrei weckte mich aus dem Schlummer. Die Sonne schob sich schon langsam hinter die Bergkante und warf noch ihre letzten Strahlen über die hohen Baumwipfel.

Am Wildbach

Erschrocken stand ich auf und schaute mich nach den Kühen um, doch es war wieder keine Kuhglocke oder dergleichen zu hören oder zu sehen. Schnell machte ich mich auf die Suche und auf dem halben Wege hatte ich die Kühe eingeholt, die gemütlich heimwärts schlenderten.

Vater wartete schon vor dem Stall und hielt nach uns Ausschau. Als er uns erspähte, kam er uns entgegen – was nichts Gutes bedeutete. Mir wurde angst und bange und ich versuchte hektisch, die Tiere zu zählen.

Doch ich kam immer nur auf vierzehn. Eines fehlte. Von hinten sahen alle gleich aus, darum konnte ich nicht gleich erkennen, welches von den Tieren nicht mehr dabei war.

„Wo ist der andere Ochs?", riss Vater mich aus meinem Gedanken, dabei sah er wütend und abwechselnd zur Herde und wieder zu mir.

„Wie siehst du denn aus? Was ist denn passiert?", meinte er einen Ton sanfter und deutete auf meine nackten Füße.

„Wieso ...? Warum?", stotterte ich, und sah an mir hinunter. Da erst sah ich eine große klaffende Wunde am Knie, blaurote Striemen und Abschürfungen an den Schienbeinen und die blutverschmierten Arme und Hände.

„Du gehst jetzt sofort ins Haus. Mama soll dir gleich die Wunden auswaschen und versorgen, ich mach das hier alleine fertig!"

„Nein, ich helfe dir Vater, und danach muss ich noch einmal in den Wald hinaus, um den Ochs zu finden!"

„Du läufst heute nirgendwo mehr hin! Du sagst mir nur, wo du ihn das letzte Mal gesehen hast, damit ich weiß, wo wir mit dem Suchen beginnen sollen!"

„Das war ganz draußen, neben dem Bach!", erwiderte ich kleinlaut und umklammerte meinen wie Feuer brennenden Ellbogen.

Nachdem Vater die letzte Kuh an ihrem Platz angebunden hatte, ging er in den Nebenschuppen und kam mit einem Halfter und einem Strick über die Schulter gehängt wieder heraus. Er griff nach der Mistgabel, stieß den Stiel einige Male fest an den Oberboden und rief: „Hans komm herunter, wir müssen den Ochsen suchen, bevor es finster wird." Im Laufschritt kam Hans die Stadelbrücke herunter und als er mich so verdattert vor dem Stall stehen sah, warf er mir einen vorwurfsvollen Blick zu. „Blöde Kuh", zischte er wütend, bevor er mit großen Schritten dem Vater hinterher stapfte. Ich wartete, bis sie ganz im Wald verschwunden waren, dann schlich ich ihnen unauffällig hinterher. Draußen im Tal versteckte ich mich hinter einem dicken Baumstamm und sah ihnen zu, wie sie den Waldboden nach Spuren absuchten.

Plötzlich blieb Vater neben der Stelle stehen, wo ich beinahe abgestürzt war.

„Schau mal hier." Vater zeigte auf das nach unten neigende Fichtenbäumchen und auf das abgebrochene Steingeröll.

Mein Herz blieb fast stehen und Kälte kroch über meinem Rücken als Hans plötzlich ganz nahe am Abhang stand und meinte: „Da war was los, das müssen wir uns genauer ansehen." Mit einem Satz war Vater bei ihm, packte ihn an der Schulter und riss ihn zurück.

„Bist du lebensmüde? Nur eine falsche Bewegung und du liegst da unten. Sieh doch, wie viel hier schon abgebrochen ist. Das ist ganz frisch …, muss heute passiert sein", sagte Vater besorgt und schob sich den Hut aus der Stirn.

„Das wird wohl unser intelligenter Ochse gewesen sein, der sich hier die Abkürzung zur Wasserstelle genommen hat!", meinte Hans etwas ironisch, wandte sich flugs ab und stand erneut am Abhang.

„Neeeiiin, Hans … Das war ich … Pass auf. Geh zurück!", schrie ich in voller Panik und sprang hinter dem Baumstamm hervor. Gleichzeitig drehten sich beide mir zu und starrten mich ungläubig an. Vater sah zurück zu Hans, dann wieder zu mir und mit ein paar großen

Schritten stand er vor mir, nahm mich in seine Arme und drückte mich so fest an sich, dass er mir fast die Luft abgeschnürt hatte.

„Da war wohl wieder mal dein Schutzengel am Werk!", flüsterte Vater und rieb seine stoppelhaarige Wange über mein dreckverschmiertes Gesicht.

Eine ganze Weile stand Hans noch neben uns, bevor er seine Hände in die Hosentaschen vergrub und wortlos davon trottete. Er ging hinauf zur Waldlichtung und schaute sich nach allen Richtungen um. Bald darauf ließ er einen Fingerpfiff ab und deutete aufgeregt fuchtelnd zum Wildbach hinunter. „Komm, Agnes, ich glaub der Hans will uns etwas zeigen!", sagte Vater, nahm mich an der Hand und führte mich den steilen Weidebuckel hinauf, wo Hans auf uns wartete.

„Der Ochs muss irgendwo da unten sein, ich habe ihn plärren gehört", meinte Hans und lief schon mal voraus. Vor dem Abstieg zum Bach lagen mehrere große Steinplatten und auf einer davon entdeckten wir frisch abgeschürfte Moosspuren.

„Darauf muss er wohl ausgerutscht sein!", meinte Hans und spurtete wie ein Verrückter wieder nach oben, wo ein kleiner Holzsteg zur anderen Talseite führte. Von dort aus konnte man das Bachbett ziemlich weit überblicken.

Hans lief bis zur Mitte des Steges, blieb dort stehen, winkte uns hektisch zu sich hinauf und rief uns etwas zu, was wir aber wegen des Rauschens des Wildwassers nicht verstehen konnten. „Seht ihr, da unten ist er, auf der linken Bachseite", schrie er uns aufgeregt ins Ohr, als wir bei ihm auf dem Steg angelangt waren. „Ich habe auch schon eine Stelle entdeckt, wo wir ganz leicht nach unten kommen!", verkündete er stolz, nahm Vater den Strick und das Halfter von der Schulter und hängte sich alles um den Hals.

„Alle mir nach!", rief er uns zu und schon war er im wilden Heckengestrüpp der holprigen Böschung verschwunden. Nur hin und wieder tauchte sein Blondschopf zwischen den Stauden auf, so dass wir seine Spur erahnen und ihm folgen konnten.

Zum Glück war das Gelände weniger steil, so dass wir heil unten am Bachufer ankamen, wo der Ochse bis zum Bauch im seichten Wasser stand und mit lang entgegengestrecktem Hals mitleiderregend plärrte.

„Du bist und bleibst ein waschechter Ochse!", sagte Hans lächelnd, während er mit geschicktem Griff das Halfter über seinem Kopf streifte. Dann band er den Strick an beiden Seiten am Halfter fest, knotete eine Schlaufe in das Seil und schlüpfte mit den Schultern hinein. „Hüüühhh, auf geht's in den Heimatstall!", spornte er den Ochsen an und zog kreischend und wie ein Frachtpferd den Koloss aus dem Wasser, immer weiter im Zickzackweg bis ganz nach oben. Damit wir zügig vorankamen, hielten Vater und ich uns Hand in Hand ganz dicht hinter dem Ochsen, einige Male musste Vater ihm einen kräftigen Klaps auf das fette Hinterteil stempeln, weil er immer wieder stehenbleiben und den Rückgang anpeilen wollte. Als wir endlich oben ankamen, wickelte Hans sich schwer schnaubend aus seinem Zuggeflecht und begutachtete erstmal den Ochsen von allen Seiten.

„Ja, ein paar Schrammen hat er schon abbekommen!", bemerkte er gekonnt abschätzend, wobei er mir ein spöttisches Grinsen zuwarf, bevor er sein nächstes Gutachten verkündete: „Und wenn man diese Sache hier ganz genau betrachtet, so seid ihr beide nicht nur an denselben Körperstellen verletzt, ihr habt auch denselben Dachschaden ..., und irgendwie seht ihr beide euch sowieso verdammt ähnlich, ganz besonders dann, wenn ihr eure Denkminuten zelebriert!"

„Schau, dass du weiterkommst, du alter Esel, sonst hast du auch gleich einen Dachschaden!", verteidigte Vater mich und holte schon zu einer Ohrfeige aus. Doch Hans wich mit einer flink geduckten Bewegung unter Vaters Arm hindurch und machte sich hinter dem Ochsen vor Lachen fast in die Hose. Als Vater und ich die beiden so sahen, den lachenden Hans hinter dem verwundert schauenden Ochsen, stimmten auch wir in das Lachen mit ein. Wieder Zuhause und im Stall angekommen, drückte Vater mich auf die kleine Holzbank, holte die Schnapsflasche von der kleinen Ablage, und bevor er sie offen hatte, stand ich schon vor der Stalltür. Erleichtert atmete ich auf, als er mit der Flasche nicht zu mir, sondern zum Ochsen ging, um ihm die Wunden zu desinfizieren – oder treffender gesagt, auszubrennen.

Hans kontrollierte derweil die Futtertröge, die Anbindeketten, und ob alles Weitere in Ordnung und auf seinem Platz war, dann warf er dem verstörten Ochsen noch eine extra Portion Getreide in den Futtertrog.

„So, fertig für heute, und nun haben wir uns ein anständiges Abendessen verdient!", sagte Vater anerkennend zu Hans, knipste das Licht aus und zog die Stalltür hinter sich zu.

Mama stand vor dem Herd und wartete mit dem Essen auf uns

„Wo bleibt ihr denn so lange, ich dachte schon, ihr übernachtet heute im Stall.", schimpfte sie und sah uns mit vorwurfsvollem Blick an. Als dieser jedoch bei mir haften blieb, verzog sich ihre Miene ins Säuerliche.

„Um Himmels Willen, wie siehst du denn aus? Was hast du heute wieder angestellt?", schnaubte sie und wollte gerade zu einem Donnerwetter ansetzen, als Vater sich vor sie stellte. Er zog mich zu sich heran, schob mich langsam vor sich her, bis wir ganz nahe vor Mama standen. Eine Weile sah er sie nur stumm an, bevor er sagte: „Weißt du was? Diese Klamotten hier kann man wieder waschen und flicken, aber ein totes Kind kann man nicht mehr lebendig machen! Also danken wir jetzt lieber dem Herrgott und allen Schutzengeln, dass dieses Kind heute noch hier in dreckigen, zerrissenen Lumpen lebend vor uns steht!"

Während Vater das sagte, drückte er meine Hand so fest, dass mir jedes einzelne Fingerglied schmerzte.

Trotzdem lächelte ich glücklich und dankbar zu ihm auf und freute mich einfach nur, dass er mein Vater war.

Mama hatte es anscheinend die Sprache verschlagen, denn sie starrte uns nur stumm an.

Aber Vater, er stand die ganze Zeit fest hinter mir, so wie immer. Auf ihn konnte ich mich verlassen und dafür liebte ich ihn so sehr und könnte mir keinen besseren Vater wünschen. Deshalb tat es mir auch sehr weh, dass ich ihm nicht die Wahrheit gesagt habe, wie und warum das überhaupt passiert war. Aber es gab auch keine Gelegenheit dazu, weil ich nie mit Vater alleine war. Außerdem hatte ich auch keine große Lust, meine Unachtsamkeit vor allen auszubreiten und mich als Tollpatsch abstempeln zu lassen. Davon hatte ich für diesen Tag schon reichlich vom Hans abbekommen, und musste es nicht noch zusätzlich jedem brühwarm auf die Nase binden. Zudem hatte man uns beiden ohnehin schon längst treffende Titel verpasst, weil wir in ihren Augen nicht gerade als die Hellsten galten, nur weil wir in allem etwas langsamer waren – der Ochse und ich!

„Wie ist denn das passiert?", fuhr Mama mir in die Gedanken und deutete auf meine lädierten Beine.

„Das kann ich mir schon denken, nachdem ich diese Spuren am Abhang zum Wildbach gesehen habe", antwortete Vater an meiner Stelle. „Agnes musste sicher wieder mal dem eigensinnigen Ochsen hinterher laufen, und es war augenscheinlich, dass da der Schutzengel mit dabei war, sonst wäre das niemals so glimpflich ausgegangen, das kannst du mir glauben, Mama!", setzte Vater hinzu, währenddessen er abgekochtes Wasser in eine Schüssel schöpfte, während Mama ihm die von mir gefürchtete Schnapsflasche reichte. Er nahm ihr die Flasche aus der Hand, träufelte einige Tropfen Schnaps in das heiße Wasser und stellte die Flasche wieder zurück in den Schrank.

Mama sah ihn verwirrt an, behielt ihren Kommentar aber für sich. „Schmerzen hatte sie heute schon genug ausgehalten, und die Schrammen heilen auch mit dem Gestrecktem wieder ab", meinte Vater und blinzelte mir zu. Mama reinigte die Wunden und band ein sauberes Geschirrtuch um das Knie. Danach gingen wir in die Stube, wo alle schon um den Tisch saßen und ungeduldig mit dem Löffel in der Hand in die Muspfanne starrten. Doch wie üblich mussten alle wieder hervortreten, denn ohne „Vaterunser" vor jeder Mahlzeit gab es nichts. Darauf bestand Vater. Und auch, dass während des Essens nicht viel geredet, diskutiert oder geblödelt wurde, war ihm wichtig. Wenn sich der eine oder andere nicht daran hielt, dann ließ Vater schon mal seinen Löffel über unsere Köpfe tanzen. So war das auch an jenem Abend, als Hans die angespannte Atmosphäre mit seinen Witzen auflockern wollte.

„So ist es, wenn der Blitz einschlägt!", meinte er und fuhr mit dem Löffel im Zickzack durch das Mus, so dass die flüssig, gebräunte Butter den Vertiefungen entlang und in seine Richtung rann.

„Und so ist es, wenn der Donner kracht!", gab Vater mit ernster Miene zurück und ließ dabei den Löffel über unsere Köpfe hüpfen. Ein vergnügliches Lachen brach aus, in das sogar Vater mit einstimmte. Doch ich fand diese Situation überhaupt nicht lustig und war enttäuscht, dass Vater mich bei seiner Löffelrunde nicht übersprungen, sondern ihn mir auch aufgesetzt hatte, und das nicht gerade unsanft.

Pater Zölestin

Zum Glück besann sich Vater beim anschließenden Ro-
senkranzbeten gleich wieder auf seine Fürsorge, ich
durfte auf der Ofenbank sitzen bleiben, während sich
alle anderen wie üblich auf den Boden knien mussten.
Das war auch gut so, denn an solchen Unglückstagen
wie jenem, hängte Vater immer gerne ein paar Dankes-
gebete dran und das zog sich dann meist in die Länge,
bis er alles durchhatte. An dem Abend gab es sogar eine
doppelte Zugabe, eine für meinen Schutzengel, die andere für den Heiligen Martin – den Schutzpatron der
Viecher. Von dieser langen Litanei habe ich sowieso nur
die Hälfte mitgekriegt, ich bin irgendwann eingeschlafen und bekam nur noch vage mit, dass ich die Holztreppe hinaufgetragen und in mein Bett gelegt wurde,
wo mich gleich ein fürchterlicher Alptraum einholte:
Schnell lief ich nahe am Abgrund entlang, rutschte aus
und spürte plötzlich keinen Boden mehr unter den Füßen.
Verzweifelt versuchte ich mit den Fußspitzen die hervor-
stehende Steinplatte zu ertasten. Aber sie war nicht mehr
da, nur noch morscher, brüchiger Fels soweit mein Auge

reichte. Aber ein kleines Fichtenbäumchen war da. Es wuchs aus einem Felsspalt hervor und neigte sich mir zu. Sobald ich mich daran festhielt, knackste es im Gestein und der zarte Wurzelstock wölbte sich hervor, und plötzlich hielt ich das entwurzelte Bäumchen in meiner Hand. Das Rauschen und Gurgeln des Wildbaches unter mir wurde immer lauter, und der Wasserfall warf dicken weißen Nebel auf. „Mama ... Vater ... Bitte helft mir doch!"

Ich schrie, betete und rief nach meinem Schutzengel.

Dann wurde es wieder leiser, ich hörte gleichmäßiges Flügelschlagen und sah mich hoch über das Tal und die Wasserschlucht schweben. Wie ein Adler kreiste ich über die Hügel und Wälder mit dem Fichtenbäumchen in der Hand.

„Wach auf, wach doch endlich auf!", schrie Maria, meine Schwester, und schüttelte mich wie verrückt, bis ich mich benommen und total erschöpft in meinem Bett wiedergefunden hatte. Dieser Alptraum verfolgte mich noch lange Zeit, doch je öfter er sich wiederholte, umso mehr verflüchtigten sich meine Ängste, denn immer knapp über dem Boden hob ich ab und schwebte wie ein Seeadler ganz ruhig dahin.

Der Sommer neigte sich langsam dem Ende zu, die Heuernte war eingebracht und die Kühe durften nun wieder zum Abweiden auf die Wiesen. Goldgelb schimmerten die Lärchen zwischen den sattgrünen Fichten und Tannenbäumen, und bald rieselten die feinen Nadeln wie schimmernde Kristalle zu Boden und deckten einen goldgelben Teppich über das weiche Moos.

Ich freute mich auf die Schule, auf die Freunde und auf das Lernen. Ganz besonders freute ich mich auf den Spaß mit unserem Pfarrer, den Herrn Pater Zölestin, der uns zweimal in der Woche den Religionsunterricht erteilt hat. Pater Zölestin war ein kleiner, schmächtiger Mann, nahe an die sechzig Jahre alt. Aber er war gelenkig und flink wie ein Wiesel und er konnte Haken schlagen wie ein Hase auf der Flucht, wenn wir im Schulhof mit ihm Fangen spielten.

Am liebsten spielte er das Spiel: Wer fürchtet sich vom schwarzen Mann. Dabei stellte sich eine Mannschaft auf der eine Seite des Platzes auf und der schwarze Mann auf der gegenüberliegenden Seite. Die Gruppe musste nun im Laufschritt zur anderen Seite gelangen, ohne sich vom schwarzen Mann einfangen zu lassen. Wer das nicht schaffte, gehörte zu seiner Partei und musste ihm beim Fangen helfen. Nachdem Pater Zölestin immer gerne der schwarze Mann sein wollte, gewährten wir ihm diesen Wunsch und gruppierten uns mit Vorfreude auf die andere Seite, während der Pfarrer vor der Schultür in angriffsfreudiger Position ging.

„Wer fürchtet sich vorm schwarzen Mann!", rief er kichernd.

„Niemand!", gaben wir einstimmig zurück und spurteten los. Wir teilten uns in zwei Gruppen auf und sausten weit außen am Pfarrer vorbei, der mit ausgestreckten Armen und im Zickzack hüpfend meistens erfolglos auf der anderen Seite ankam. Vorausgesetzt, dass er sich nicht schon vorher in seinem langen Rock verheddert hatte und uns bäuchlings entgegengerutscht kam. Wenn er aber doch etliche heile Runden hinter sich gebracht hatte – was eher selten der Fall war, dann halfen wir gelegentlich ein wenig nach und stellten ihm ein Bein, was er in seiner Euphorie und Begeisterung meist nicht mitbekam, und die Schuld des Sturzes seinen abgewetzten Stiefelsohlen gab. Er hatte übrigens das ganze Jahr über seine Wasserstiefel an, egal ob es stürmte oder schneite, oder ob die Sonne vom Himmel brannte. Ein anderes Schuhwerk habe ich jedenfalls nie an seinen Füßen gesehen, nicht einmal während der Kirchmesse oder sonst einer hohen Feierlichkeit.

Wir Kinder hatten jedes Mal eine Heidengaudi, wenn der Pfarrer wie ein Käfer auf dem Rücken zappelnd und strampelnd am Boden lag. Das Lustigste dabei war, wie vergnügt er über sich selbst lachen und sich amüsieren konnte. Ganz besonders interessant fanden wir seine roten halblangen Unterhosen, die unten hervorlugten. Wir fragten uns immer, wo er nur diese roten Unterhosen aufgestöbert hatte? Bei uns daheim gab es nur weiße oder blaue Unterwäsche für die Männer! Auch bei den Nachbarn rundum konnte man nirgendwo rote oder bunte Unterhosen sehen.

Einmal habe ich den Pater Zölestin dann direkt danach gefragt. Doch anstelle einer Antwort hat er mir eine saftige Ohrfeige verpasst. Da wusste ich es, dass ich ihn niemals wieder darauf ansprechen würde. Ich war ihm deshalb auch nicht böse, weil ich bald eingesehen hatte, dass ich einfach zu weit in sein Allerheiligstes vorgedrungen war. Zudem hatte er uns oft genug gepredigt, dass man seinen Nächsten lieben sollte, wie sich selbst.

Und den Pater Zölestin haben sowieso alle gerne gemocht, auch wenn er nicht unbedingt die feinfühlige Umgangsart hatte, was seine Schützlinge in der Schule betraf. Manchmal aber waren wir an seinen Wutausbrüchen nicht ganz unschuldig, einige legten es direkt absichtlich darauf an, ihn so lange zu ärgern, bis er wutentbrannt hinter dem Pult hervorschoss. Aufrecht wie ein Soldat stand er dann vor den Bankreihen und stampfte wütend den Fuß auf den Boden. Seine Oberlippe presste er über die Unterlippe, knirschte dabei mit den Zähnen und ballte die Fäuste. Dann rieb er sich flink über den krausen Haarflaum seiner graumelierten Kopfdecke, bevor er mit zusammengekniffenen Augen auf uns losstürmte.

Wenn da der Vordermann nicht blitzschnell reagiert und flugs sein Bein ausgestreckt hätte, dann hätte der Bücherschrank den Pfarrer nicht mehr abfangen können, und er wäre direkt geradeaus in die Fensterscheibe dahinter gepresscht. Und das hätte ziemlich schlimm ins Auge gehen können, nicht nur für den Pfarrer, sondern auch für die Schüler in den hinteren Sitzreihen. Denen wäre das Lachen schnell vergangen, denn wenn unser Herr Pfarrer mal richtig in Fahrt war, dann zog er sein Ritual auch durch, und zwar an den schmerzhaftesten Stellen. Den Buben zog er mit der einen Hand die Ohren nach unten und mit der anderen den Haaransatz daneben nach oben. Und uns Mädchen packte er an beiden Zöpfen und zog sie mit ganzer Kraft ruckartig nach unten, wie der Messner im Kirchturm, wenn er die große Glocke zum Läuten anschlug.

Da er aber mit zugekniffenen Augen den eigentlichen Sündenbock nicht sehen konnte, nahm er blind alle der Reihe nach dran – auch die Unschuldigen! Trotzdem nahm niemand dem Pater Zölestin seine Attacken übel, weil wir mit keiner anderen Lehrperson so viel Spaß hatten wie mit ihm. Der Vorfall war bald wieder vergessen und der Pfarrer lachte mit uns mit, nachdem wir uns gegenseitig betrachteten und die Folgen seines Wutausbruches begutachteten. Wir Mädchen hatten zerzauste Haare als hätte der Blitz eingeschlagen, und bei den Buben war meist das eine Ohr weiß und das andere rot. Einige Ohren leuchteten wie Glühbirnen, andere sahen aus, als gehörten die zwei verschiedenen Ohren nicht an denselben Kopf.

Pater Zölestin hat uns sehr viel mehr beigebracht, als im üblichen Schulprogramm vorgesehen war. Vieles war dabei, was richtig Sinn machte und was man im

Leben gut gebrauchen konnte. Er nahm uns im Sommer mit zum Heilkräuter sammeln, erklärte uns geduldig und ausführlich die Heilwirkung und Zubereitung von Salben, Tinkturen und Teemischungen.

Auch das Theaterspielen haben wir von ihm gelernt. Zum Advent hat er mit uns das Krippenspiel einstudiert. Dazu wurde der Bücherschrank im Klassenzimmer ausgeräumt, damit meine Schwester Maria und mein Bruder Josef dort als Heiliges Paar einquartiert werden konnten. Als Jesuskind musste die Puppe meiner Freundin herhalten und drei Brüder der Nachbarn spielten die Könige aus dem Morgenlande. Die Erst- und Zweitklässler durften die Schäfchen sein. Ochsen und Esel, so meinte der Pfarrer schmunzelnd, finden sich in dieser Schule ohnehin genug. Wir spielten alle mit großer Begeisterung mit, und waren stolz auf uns, als wir das Stück schließlich unseren beiden Lehrerinnen und den wenigen Eltern, die sich die Zeit nahmen, vorführen durften.

Ich weiß nicht, was wir oftmals ohne unseren Pater Zölestin gemacht hätten. Er liebte und achtete alle Kinder gleich und er war niemals ungerecht.

So wie wir es vielfach im Gegensatz mit manch anderen Lehrpersonen erleben mussten. Nicht genug, dass wir im Vergleich zu den Dorfschulkindern von hinten bis vorne benachteiligt waren und mit dem Lernstoff weit hinter denen herhinkten, weil in unserer Bergschule zwanzig Kinder zwischen sechs und vierzehn Jahren im selben Klassenzimmer von einer einzigen Lehrperson unterrichtet wurden. Hinzu kam noch, dass die Schuldirektion die besten Lehrkräfte in den Dorfschulen einteilte und den Rest oder nur Aushilfen in die Bergschulen abschob.

Manchmal hatten wir auch Glück und bekamen ganz nette Lehrer, so wie die achtzehnjährigen Zwillingsbrüder, die sich abwechselten. Während der eine den Militärdienst ableistete, kam der andere, und dann umgekehrt. Die zwei waren ganz in Ordnung und respektierten auch unsere Lieblingsfächer, so dass wir jeden Tag Musik und Sport machen durften. Diese Lehrer glichen sich so sehr, dass wir nie wussten, wer wer ist, das hatte den Vorteil, dass wir uns nicht andauernd an ein neues Gesicht gewöhnen mussten. Das kam ohnehin öfter vor, als uns lieb war.

So wie einmal mit einer jungen, aber lieben Lehrerin, die nach einigen Monaten entlassen wurde, weil sie, nachdem wir sie vormittags um zehn Uhr aus ihrem Bett geholt hatten, um elf Uhr im Nachthemd und mit ihrer Weinflasche am Lehrerpult wieder eingeschlafen war.

Und wenn der Stefan, dieser Streber, die Lehrerin bei seinen Eltern nicht verpfiffen hätte, die nichts Eiligeres zu tun hatten, als dem Direktor zu zwitschern, dass wir die Lehrerin jeden Tag zum Unterricht aufwecken mussten, dann wäre uns einiges erspart geblieben. Denn was man uns nachher geliefert hat, das hätten sie besser auf dem Halbweg entsorgt. Das war kein schräger Vogel, sondern eine alte Vogelscheuche. Es war nicht allein nur ihr Äußeres, was sie so furchterregend wirken ließ, es kam mehr von innen, und aus ihren Augen stach die blanke Bosheit heraus. Ich möchte ganz bestimmt nichts und niemanden schlecht machen, denn etwas Gutes ist in jedem Menschen zu finden – so meinte es jedenfalls Mama. Aber diese Frau konnte man drehen und wenden und von allen Seiten betrachten, da war weder hinten noch vorne, oben oder unten etwas Gutes oder Brauchbares zu finden. So einer Person würde ich nicht einmal unsere Viecher im Stall anvertrauen, geschweige denn Kinder.

Sehr bald mussten das auch die Eltern einsehen, nachdem wir Kinder tagtäglich mit Beulen, wundgeschlagenen Köpfen und blutenden Händen nach Hause kamen. Auf einigen Schülern hatte sie es ganz besonders abgesehen, die hat sie mit Schimpfwörtern wie Judassohn betitelt. Sie hat sich geräuspert, gekrächzt und gehustet und den ganzen Inhalt, der sich im Schlund angesammelt hatte, meinen Mitschülern ins Gesicht gespuckt. Dabei hatte sie einmal ihre Zielscheibe verfehlt und genau mein Tintenfässchen getroffen. Das sah vielleicht widerlich aus, mit dem grausigen Schleimkloß am Flaschenhals, das war nachher wirklich zu nichts mehr zu gebrauchen. Der Höhepunkt aber war die Aktion mit ihrem Nachttopf, den sie über Nacht gefüllt und morgens mit ins Klassenzimmer und auf das Pult gestellt hatte. Diesen hat sie dann dem ersten Schüler, der ihr ungünstig in die Quere kam, ins Gesicht geschleudert. Nach und nach sind dann immer mehr Kinder von der Schule ferngeblieben, weil sie Verletzungen auskurieren mussten oder einfach nur panische Angst hatten.

Dann versammelten sich ein paar Väter zu einer Krisensitzung.

Sie schnappten sich am nächsten Tag den Pater Zölestin und fuhren ins Dorf, um dem Schuldirektor einen Besuch abzustatten. Wir haben nie erfahren, was sie mit ihm geredet oder gemacht haben. Auf jedem Fall hatten sie ihre Wirkung hinterlassen, denn dieser böse Drache war seitdem spurlos verschwunden und niemand hatte je wieder etwas von ihr gehört oder gesehen. Und wir Schüler haben alle eine gute Zeitlang gebraucht, um dieses Ungeheuer wieder aus unseren Köpfen zu bekommen.

In der darauffolgenden Zeit habe ich mich oft gefragt, was dieser Frau nur Furchtbares widerfahren sein mochte, oder was sie zu so einem hasserfüllten Menschen gemacht hatte. Gelernt haben wir in diesen vier Wochen, wo sie in unserer Schule war, so gut wie gar nichts. Dazu wären wir auch nie in der Lage gewesen, denn schon ein Blick in ihr Gesicht ließ uns das Blut in den Adern gefrieren und unsere Körper zu Salzsäulen erstarren. Damit war auch jegliche Regung samt allen fünf Sinnen blockiert und im Keim erstickt worden. Es dauerte ganze zwei Wochen, bis der Direktor eine neue Lehrerin gefunden hatte, die den Erwartungen und Wünschen unserer Väter entsprach. Demnach mussten sie dem Direktor ganz ausführlich erklärt haben, wo der Bartl seinen Most zu holen hat. Denn mit der neuen Lehrerin, die der Direktor uns schließlich geschickt hatte, waren wirklich alle rundum zufrieden. Sie stammte sogar aus unserem Tal und hatte Charakter und Anstand. Sie war zwar streng, aber sie hatte trotzdem das Herz am richtigen Fleck. Und das Beste war, sie blieb uns noch drei weitere Schuljahre erhalten.

Theateraufführung

Es war am 27. Januar 1963, als ich mit knurrenden Magen von der Schule nach Hause und sofort zu Mama in die Küche lief. An der Türschwelle warf es mich vor Schreck fast wieder zurück, da war nicht Mama, sondern des Nachbarn älteste Tochter Anna, die fröhlich summend am Herd stand und eifrig die Speckknödel drehte.

„Was machst du denn da? Und wo ist Mama?"

„Siehst du doch, ich mache die Knödel und helfe solange hier aus, bis eure Mama aus dem Krankenhaus wieder zurückkommt!"

„Was? Wieso Krankenhaus? Was ist passiert? Ist Mama krank?"

„Nein, es ist nichts passiert, sie ist auch nicht krank, eure Mama kriegt nur ein Kind!", erwiderte sie und ließ einen Knödel in das kochende Wasser fallen.

„Waaas? Ein Kind? Schon wieder?" Panische Angst ergriff mich, ich starrte Anna ungläubig an, drehte auf dem Absatz um und lief wie eine Flüchtende aus dem Haus. Draußen suchte ich den Hof und die umliegenden

Wege nach Blutspuren ab, doch es war nirgendwo etwas zu finden. Daraufhin hetzte ich in die Scheune, der große Schlitten war noch da. Dann wieder raus aus der Scheune und hinunter in den Stall, auch beide Ochsen waren da, sie lagen träge im Stroh und blinzelten verschlafen ins Licht. Niedergedrückt trottete ich in den Ziegenstall zu meiner Blässe, setzte mich vor ihr in die Futterleiter und kraulte sie nachdenklich zwischen den Hörnern. Dankbar erwiderte sie meine Zuneigung, schleckte mir über die Wangen und legte den Kopf auf meine Schulter. Ich schlang meine Arme um ihren Hals und drücke sie an mich, bevor ich wieder zurück ins Haus ging, wo meine Geschwister und Anna schon am Mittagstisch saßen.

„Wo ist eigentlich Vater?", fragte ich meine großen Brüder.

Kichernd stieß einer den anderen am Ellbogen an.

„Vater ist im Krankenhaus", erwiderten sie betont ernst und konnten sich das Lachen kaum verkneifen.

„Aber, warum denn?", fragte ich verdattert.

„Weil er ein Kind bekommt!"

„Waaas? …, er auch?"

„Ja logisch. Er ist ja auch der Vater."

„Das versteh ich jetzt nicht", gab ich verwirrt zurück.

„Ja, das haben wir von dir auch nicht erwartet. Du glaubst tatsächlich noch, dass Mama das Kind vom Heiligen Geist empfangen hat!", meinte mein älterer Bruder, fachmännisch wie immer, und prustete mit den anderen zwei los, die sich vor Lachen die Bäuche hielten.

Verständnislos starrte ich in die Runde und sah in ein paar verwirrte kleine Kindergesichter. Das muss auch Anna bemerkt haben, sie legte den Löffel nieder, stand vom Tisch auf und sagte mit ernster Miene an das lachende Trio gewandt:

„So, ich denke, das reicht jetzt, lasst sie doch in Ruhe. Komm her, Agnes, setz dich zu uns und iss etwas."

Sie drückte mich auf einen Stuhl und schöpfte mir den Teller voll. Mir aber war der Hunger vergangen, ich hatte bereits einen Kloß im Hals, der jeden weiterem Knödel den Zugang versperrt hätte und schob den Teller langsam von mir und fragte sie: „Bleibt Mama wieder so lange weg, wie das letzte Mal?"

„Das glaube ich nicht, aber bis du am Nachmittag aus der Schule kommst, ist euer Vater bestimmt wieder zurück, dann kannst du ihn selber fragen", antwortete sie und lud sich noch zwei ihrer schiefgeratenen Knödel auf den Teller.

Normalerweise verliefen die zwei Unterrichtsstunden wie im Fluge, doch an jenem Nachmittag dauerten sie eine Ewigkeit. Ich bekam überhaupt nichts mehr mit, was die Lehrerin sagte oder was neben mir geschah. Ich war nur mit dem beschäftigt, was sich in meinem Kopf abspielte. Mir war, als liefe ein Film vor meinen Augen ab, der immer wieder zurückspulte und erneut von vorne begann. Alles war wieder da. Vaters besorgtes Gesicht, das widerspenstige Ochsengespann, der gefrorene rote Faden auf dem Weg, die zertrampelte Blutspur vor dem Haus und Vaters Worte vor zwei Jahren: „Ein weiteres Kind überlebt sie nicht, das bringt die Mama ins Grab", hallten dauernd in meinem Ohr.

Als die Schulglocke klingelte, schoss ich von der Bank auf, stopfte Hefte und Bücher in die Schultasche und lief so schnell ich nur konnte nach Hause. Schon an der Haustür hörte ich, dass Vater sich in der Stube drinnen mit Anna unterhielt. Achtlos ließ ich die Schultasche im Flur fallen und stürmte hinein zu ihnen. „Was ist mit Mama? Lebt sie noch?", fragte ich mit zittriger Stimme.

„Hab keine Angst, Mama und dem Kind geht es gut. In einer Woche sind sie wieder da, dann kriegst du Unterhaltung genug mit deinem neuen Schwesterchen!", sagte Vater gutgelaunt. Als Mama nach einer Woche tatsächlich wieder nach Hause kam und mir die Kleine in den Arm legte, weinte ich vor Freude und Erleichterung. Dieses neue Schwesterchen war doppelt so groß wie das Letzte. Es hatte runde Pausbäckchen und schon ganz dicke Fäustchen. Das musste ich nicht jedes Mal in den Windeln suchen, bevor ich es wickeln konnte, oder seine Ärmel und Mützchen doppelt und dreifach aufkrempeln, bis man die Händchen und ihr Gesicht fand. Auch mit diesem Kind verschwand Mama wieder regelmäßig im Hinterzimmer. Meinetwegen hätte sie sich diese Kühlkammer ruhig ersparen können, aber da waren ja noch Jüngere da, denen sie noch einen

Bären aufbinden konnte. Damals war ich knapp zwölf Jahre alt und wusste aus dem Naturkundeunterricht, dass wir Menschen auch zu der Gattung der Säugetiere gehörten.

Genau in dem Alter habe ich von einer Tante meine erste Spielpuppe bekommen. Die Puppe war zwar aus zweiter oder dritter Hand; dementsprechend abgewetzt und verbraucht sah sie auch aus. Doch für den Notfall taugte sie noch, oder noch besser: Einem geschenkten Gaul schaut man nicht ins Maul. Allerdings musste ich mich heimlich zum Spielen mit ihr in mein Zimmer verziehen, wenn ich mich von meinen großen Brüdern nicht auslachen lassen wollte. Da ich aber die Aufsichtspflicht über die kleineren Geschwister hatte, kam ich ohnehin selten dazu. Das letzte Mal als ich in meinem Zimmer die Puppe leise summend in meinen Armen wiegte, währenddessen sich die echte Puppe unten in der Stube die Lungen aus dem Leibe schrie, wurde es mir endgültig zu dumm und ich pfefferte das leblos steife Ding mit so einer Wucht an die Wand, dass die eingesteckten Arme und Beine im hohen Bogen durchs Zimmer flogen.

Das sah vielleicht grässlich aus, als ich beim Zubettgehen den Rumpf mit dem Glatzkopf auf dem Boden liegen sah und ihre blauen Augen mich anstarrten!

Schnell steckte ich alles wieder zusammen und schenkte sie Maria. Doch die wollte sie nicht haben, sie war ihr einfach zu hässlich. Dabei sah sie zu diesem Zeitpunkt noch recht passabel aus. Aber nachdem mein älterer Bruder sich die Puppe ausgeliehen hatte, war auch der letzte Rest ihrer Schönheit dahin. Er brauchte sie zum Üben, denn er wollte später mal Priester werden, und bis dahin zelebrierte er in der Stube seine Generalproben. Im Schuhkasten drinnen baute er den Altar auf. Die Puppe war sein Ministrant. Er stellte sie neben sich auf, schmolz ihr in jede Hand eine Kerze und zündete sie an. Dann läutete er mit einer Ziegenglocke zur Messe. Nachdem sich alle Kirchgänger eingefunden hatten, kniete er sich hin, faltete die Hände zum Gebet und schaute fromm in den finsteren, nach Käse und alten Socken riechenden Schuhkasten. Als Klingelbeutel hatte er eine schafwollene Socke auf einen Besenstiel gebunden und der Bauernkalender war sein Messbuch. Zum Schluss nahm er den Weihbrunnenkrug vom Nagel neben der Stubentür, spritzte uns das Weihwasser in die Augen und gab uns den Segen.

Irgendwann während einer dieser Messzeremonien fing es furchtbar an zu stinken und beißender Rauch brannte uns in den Augen. In unserer Andächtigkeit bemerkten wir viel zu spät, dass die Kerzenflammen schon auf die Wangen der Puppe übergegriffen und diese zu schmelzen begonnen hatten. Zum Glück hatte die Puppe keine Haare, die wären garantiert ein Raub der Flammen geworden, die sich vielleicht sogar noch ausgebreitet und rundherum alles mitabgefackelt hätten. Nicht auszudenken, wenn wir wegen einer Spielpuppe unser ganzes Hab und Gut verloren hätten, Haus und Hof, das nicht mal unser Eigentum, sondern nur Pachtgut war. So hatte es zum Glück nur die Puppe getroffen, aber die war derart ruiniert und verunstaltet, dass man sie wirklich zu nichts mehr gebrauchen konnte. Nicht mal mehr als Mohr bei den Heiligen drei Königen hätte sie getaugt.

Bestimmt wäre mein Bruder ein guter Priester geworden, wenn nicht alles ganz anders gekommen wäre, wie er sich das vorgestellt hatte. Gleich nach der Pflichtschule fuhr er mit seinem besten Freund und dessen Vater in das Kloster, um sich zum Theologiestudium anzumelden. Sein Freund wurde gleich mit Begeisterung aufgenommen und mein Bruder sofort entrüstet abgewiesen. Er wäre nicht geeignet und nicht würdig für einen Geistlichen, weil er ein uneheliches Kind war. Für meinen Bruder brach eine Welt zusammen, als man ihm das direkt so ins Gesicht gesagt hatte. Aber auch Vaters Frömmigkeit hatte einen unsanften Knacks abbekommen, was er zwar nie offen zugab, aber man konnte es ihm bei bestimmten Begebenheiten genau ansehen.

Im Vergleich zu diesen geistlichen Obrigkeiten im Kloster, muss jener Pfarrer, dem sich Vater damals im Jahre 1950 anvertraut hatte, ein Hirn aus der Zukunft gehabt haben. Vor allem aber hatte er ein Herz und Menschenverstand. Einige Jahre später, als den Kirchen langsam die Priester ausgegangen sind, wären sie sicher um jeden, auch ledig geborenen, Gottesdiener froh gewesen. Im Nachhinein betrachtet, war es für meinen Bruder auch besser so. Er wäre für einen Priester viel zu schade gewesen. Obwohl ich ihm seinen Traumberuf von ganzem Herzen gegönnt hätte, war ich doch insgeheim froh, dass er uns noch eine Weile daheim erhalten geblieben ist. Denn ohne die vielen unvergesslich schönen Erlebnisse, die ich später in meiner Jugendzeit mit ihm teilen durfte, wäre mein Leben gewiss um vieles ärmer verlaufen. Er hätte seine vielseitigen Talente im Kloster eh nur verschleudert und nicht richtig ausleben können. Er hatte immer die besten Ideen, verstand sie einzubringen und aus jeder Situation das Beste und Sinnvollste daraus zu machen.

Nachdem uns unser Pfarrer das Schauspielern beigebracht hatte, führten wir ein Theaterstück nach dem anderen auf. Mein Bruder war super im Improvisieren und Erfinden; er führte auch die Regie, als wir den Freiheitskämpfer Andreas Hofer auf der Stadelbrücke zum Besten gegeben haben. Auch die Protagonisten, Darsteller und der Schauplatz wurden von ihm ausgewählt. Er fand sogar noch die uns fehlende Munition und die Kanonen im Kleiderschrank unserer Eltern. Als wir ein Leintuch, das wir als Fahne benutzen wollten, aus dem Wäschestapel herauszogen, fiel ein kleines Päckchen mit heraus. Da waren aber keine Zündhölzer drinnen, wie wir vorerst vermutet hatten, sondern viele kleine Luftballons.

Im Schneidersitz hockte sich mein Bruder auf dem Boden, begutachtete diese Dinger von allen Seiten und plötzlich huschte ein süffisantes Grinsen übers ganze Gesicht. Er schnappte sich einen, setzte das Mundstück an seine Lippen, nahm einen tiefen Atemzug und blies ihn mit ganzer Lungenkraft auf. Dabei stierte er mit schielenden Augen und rot angelaufenem Gesicht auf die immer länger werdenden Dinger vor ihm, die aussahen wie eine Wursthaut. So blies er einen nach dem anderen auf, reichte sie mir, damit ich sie schnell zubinden konnte. Anschließend banden wir sie verteilt und für jeden sichtbar am Gartenzaun fest, so dass sie bei Oberwind drohend gegen die feindliche Richtung der Franzosen zeigten. Zogen diese sich aber trotzdem nicht zurück und räumten das Feld, stieß einer mit einem Nagel in die Ballons und ließ die Kanonen krachen. Die Hauptrolle beim Hoferdrama überließ mein Bruder aber freiwillig einem anderen, nicht etwa, weil er Angst gehabt hätte, erschossen zu werden, sondern weil er nicht zu den Italienern nach Mantua wollte.

Einmal hat uns Vater ein wenig zugesehen, während er neben dem Haus die Sense gedengelt hat. Aber als er dann die Kanonen am Gartenzaun entdeckte, erhob er sich und ging geradewegs auf sie zu. Er klappte sein Taschenmesser auf, schnitt die Zwirne ab und sammelte alle Kanonen ein, auch die schon abgeschossenen. Bevor er mit dem Bündel Luftballons im Haus verschwand, drehte er sich noch einmal um und warf uns einen verächtlichen Blick zu. Ihm war wohl bewusst, dass er sich das Schimpfen besser verkneifen sollte, wenn er ungeschoren davonkommen wollte, ohne uns lange erklären zu müssen, wozu diese Geheimwaffen eigentlich bestimmt war. Er hat auch später nie wieder ein Wort darüber verloren. Aber wir, wir haben den Krieg gegen die Franzosen verloren und mussten kapitulieren, weil Vater unsere Munition von den Zaunlatten geschnitten hatte.

Und das bald schon nach der Erstaufführung. Weil wir nichts Vergleichbares mehr gefunden haben, um dem Feind Respekt einzuflößen und ihn den Abmarsch zu blasen, mussten wir uns ein neues Stück ausdenken. Wir überlegten hin und her, holten uns Vorschläge vom Publikum ein, begutachteten und prüften sie auf ihre Tauglichkeit. Ideen waren reichlich vorhanden, nur an den dazu erforderlichen Gerätschaften und Utensilien hatte es gemangelt. Ein Mitspieler schlug uns den „Wildschütz Jennewein" vor, doch den lehnte mein Bruder sofort vehement ab. Da wir schon bei diesen Verhüt ..., äh, Kanonen gescheitert waren, war an Pistolen überhaupt nicht mehr zu denken. Schlussendlich entschieden wir uns für ein Lustspiel, dazu benötigten wir nichts weiter, als genügend Fantasie und Humor. Und davon hatten wir ohnehin reichlich. Oftmals mussten wir das Spiel sogar unterbrechen, weil wir vor lauter Lachen über uns selbst nicht mehr weitermachen konnten. Da wir kein Drehbuch besaßen, spielte jeder seine

Rolle nach eigenem Gefühl und Bedarf und dabei kamen oftmals urkomische Geschichten heraus, die sich von einer Aufführung zur nächsten oftmals veränderten, so dass es nie langweilig wurde. Wir spielten dieses Stück immer wieder, bis uns der Winter eine dicke Schneedecke auf unsere Schaubühne warf.

Vaters goldener Ehering

In diesem Winter wurden wir von einer tückischen Krankheit heimgesucht. In jedem Haus lagen dreiviertel der Familienmitglieder im Bett. Die meisten davon waren Kinder und das Klassenzimmer wurde von Tag zu Tag leerer. Nachdem es unsere Lehrerin dann auch noch erwischt hatte, wurde die Schule bis auf weiteres geschlossen.

Weil unsere Zimmer im zweiten Stock lagen und diese nicht beheizbar waren, wurden wir in die warme Stube und in das dahinter liegende Schlafzimmer unserer Eltern verlegt. In deren Ehebett lagen dann vier von uns Kindern, zwei aufwärts und zwei abwärts. Die anderen lagen verteilt in den nebenstehenden Kinderbetten, einer auf der Ofenbank in der Stube und zwei daneben auf dem Diwan.

Der Dorfarzt wurde gerufen, er stellte eine ansteckende Leberkrankheit fest. Er hatte Mühe, das ganze Dorf mit Medikamenten zu versorgen. Jedoch hielt er nur eines für das Wirksamste: Bittersalz. Aber das hatte es in sich. Davon sollte jedes Kind dreimal am

Tag vor dem Essen einen Viertelliter im Wasser aufgelöst trinken.

„Sehr wichtig!", betonte der Doktor streng. „Denn das Wasser schützt und entgiftet die Leber!"

Den kleineren Kindern gab er eine Spritze.

„Und ihr bekommt das nächste Mal auch eine, wenn ihr nicht folgsam seid und fleißig das Medikament nehmt!", sagte er drohend mit der Spritze in der Hand.

Daraufhin wusste jeder von uns genau, was er zu tun hatte.

Das Zeug schmeckte grauenhaft! Und es hatte zur Folge, dass wir anschließend schreckliche Bauchkrämpfe und Durchfall bekamen. Doch wir hatten nicht so viele Nachttöpfe, wie wir benötigt hätten, deshalb mussten wir uns in eine Wolldecke einwickeln und hinausgehen. Damals gab es bei uns noch keine internen Toiletten. Da war nur ein kleiner Holzverschlag, der an einer Außenseite an der Hausmauer angebracht war.

Das sogenannte „Plumpsklo"! Unseres lag fast hinter dem Haus, so dass man bei der Haustür raus, dann links geradeaus bis zum nächsten Hauseck gehen musste, dort wieder links abbiegen, um dann auf der Zielgeraden direkt zu dieser Hütte zu gelangen. Dort entwickelten sich bald die größten Vorrangsgefechte. Schuld war das Bittersalz!

„Beeil dich, ich muss ganz schnell!", drängelte der Sepp vor dem Hüttentürchen und trat wütend dagegen, bis es aufsprang.

„Siehst du nicht, dass hier alles besetzt ist ..., außerdem waren wir zuerst hier!", rief ein anderer zurück.

„Wart noch ein wenig, ich bin gleich fertig, dann kannst du hereinkommen!", sagte ich zum Sepp.

„Jetzt ist es zu spät!", gab er zurück, drehte sich um und ging langsam und breitbeinig zurück Richtung Haustür.

Da kam schon der Nächste mit schmerzverzerrtem Gesicht und den Bauch haltend daher gelatscht. Gleich dahinter Maria, die es auch eilig hatte und mit beiden Händen hinten zuhielt. So saßen wir oft zu dritt nebeneinander auf dem ein Meter langen Holzbalken und stritten uns um den letzten Fetzen Zeitungspapier, das damals als Klopapier gedient hatte. Es war in Rechtecke zugeschnitten und stand auf einer kleinen Ablage bereit.

Etliche Tage später kam zufällig wieder Onkel Hans, mein Rippenflicker und Bauerndoktor bei uns vorbei.

„Grüß dich! Wie geht es euch?", sprach er unseren Vater an, der gerade vor dem Kuhstall stand.

„Könnte besser sein."

„Warum? Wo fehlt es denn?"

„Sie liegen alle!"

„Wer, die Kühe?", fragte er und deutete zur Stalltür.

„Nein, nein, unsere Kinder. Die Gelbsucht, sagte der Doktor."

„Aha, ach so?", erwiderte Onkel Hans und kratzte sich nachdenklich hinterm Ohr.

„Gold würde da helfen!"

99

„Gold? Und wo glaubst du, soll ich das hernehmen?", fragte Vater empört kopfschüttelnd.

„Ihr werdet doch wohl Eheringe haben?"

„Ja sicher haben wir Eheringe!"

„Na dann hängt ihr sie den Kindern um den Hals, jeden Tag abwechselnd einem anderen, wirst sehen, das hilft! So, nun muss ich weiter! Gute Besserung deinen Kindern!"

„Pfiat dich, und vergelt's Gott für deinen guten Rat!"

Unsere Eltern nahmen ihre Ringe ab und hängten sie Zweien von uns um den Hals. Wir Größeren steckten uns den Ring an den Finger, dabei muss es wohl passiert sein, dass Vaters Ring bald darauf verlorengegangen war. Es wurde alles abgesucht, aber der Ring war unauffindbar.

Vater aber gab die Suche noch lange Zeit nicht auf.

Einige Zeit war vergangen, als Sepp während einer Sitzung Vater unter sich im Holzverschlag resigniert vor sich hin schimpfen hörte: „Der verdammte Ring wird doch nicht ausgeflogen sein, den müsste man doch finden!"

Sepp rutschte vom Sitzbrett, zog sich die Hose hoch und wandte sich Vater zu.

„Sollte man nicht besser zum Heiligen Antonius beten, wenn man etwas verloren hat, anstatt da unten im Matsch zu fluchen?"

„Du Rotzbub, du G'scheider!", murmelte Vater, griff sich die Mistgabel und zwängte sich flink zwischen zwei losen Holzbrettern ins Freie.

Jedes Jahr im Frühling wurde die Grube ausgeräumt und die Gülle als Düngemittel auf die Felder gebracht. An so einem Tag schöpfte Vater gerade den letzten Rest Mist in die Karre, als er sich plötzlich aufrichtete und wie gebannt auf die Steinmauer vor sich schaute.

„Was ist jetzt?", fragte Hans ihn.

„Seht doch mal da!", sagte Vater freudig erregt und zeigte auf den Ring, der zwischen zwei Steinen eingeklemmt war und im Sonnenlicht glitzerte.

Dort drinnen hatte das Gold wohl seine Wirkung verfehlt. Vor allem bei mir. Alle anderen hatten die Krankheit gut überstanden. Nur ich hatte die darauffolgende Zeit immer wieder Bauchschmerzen und meine Haut wurde zusehends gelber. Ein Besuch beim Arzt bestätigte Mamas Befürchtung. Ich hatte eine ansteckende Leberentzündung und musste sofort ins Krankenhaus. Dort stellte man zusätzlich eine akute Blinddarmentzündung fest, die sofort operiert werden müsste, was aber zu dem Zeitpunkt der Lebererkrankung nicht möglich war, sagten die Ärzte. Um einen Blinddarmdurchbruch zu verhindern, wurden mir drei Wochen lang Eisbeutel aufgelegt, und während dieser langen Zeit lag ich mutterseelenalleine in einer Isolierabteilung. Vater, der mich hin und wieder besuchte, durfte nur durch ein kleines Fenster zu mir ins Zimmer schauen. Diese Wochen waren die schlimmsten in meinem Leben. Ich wusste überhaupt nicht, was mit mir passierte, weil keiner mit mir sprach. Nur die italienische Kranken-schwester, und diese verstand ich nicht gut. Wir hatten in der Woche nur eine Stunde Italienischunterricht.

In der vierten Woche wurde ich aus der Zelle, so kam es mir vor, geholt und in den Operationssaal gebracht. Als ich aus der Narkose erwachte, fand ich mich in ei-nem großen Saal mit dreißig Betten wieder. Nach zehn weiteren Tagen durfte ich endlich nach Hause, musste aber zwei Wochen später wiederkommen, um die vier Wundklammern entfernen zu lassen. Doch dazu sollte es nicht mehr kommen.

Der Sprung über den Gartenzaun

Es war die Zeit des Almauftriebes. Tagelang zogen Bauern mit ihren Herden an unserem Hof vorbei. Manchmal kam es vor, dass einige, die von weiter herkamen, die Strecke bis zur Alm vor Einbruch der Dunkelheit nicht mehr schafften. Sie kehrten dann oftmals bei uns und den umliegenden Höfen ein und baten um Nachtquartier für sich und die Tiere.

So war das auch an jenem Abend. Um die fremden Kühe in den Stall zu geleiten, mussten alle mit anpacken, da es meistens zu einem hektischen Gedrängel führte, weil sich die Tiere so aufregten. Ich schnappte mir auch eine fremde Kuh, zwängte mich zwischen den anderen hindurch und steuerte auf einen noch freien Platz zu. Doch ehe ich mich versah, riss sie den Kopf nach unten, erfasste mich mit den Hörnern am Bauch, schwang mich hoch und warf mich auf die andere Seite in den Kuhmist. Um nicht von den nachfolgenden Kühen zertrampelt zu werden, krabbelte ich schnell zur Seite und suchte unter dem Futtertrog unserer „Blume" Schutz. Nachdem sich alles wieder beruhigt hatte und still wurde, kroch ich hervor und sah mich im Stall um. In dem Moment schoss ein brennender Schmerz in meine rechte Leiste, der sich bis zu den Zehenspitzen hinab zog. *Mann, jetzt hab ich vor Schreck auch noch in die Hose gemacht,* ärgerte ich mich, als es immer nasser und wärmer zwischen meinen Beinen wurde und kitzelnd den Oberschenkeln hinabbrann.

„Ich muss ins Haus," überlegte ich in dem Moment, als das Licht ausging und die Stalltür ins Schloss fiel.

„Wartet doch auf mich, ich sehe nichts mehr!", rief ich laut. Knarrend ging die Tür wieder auf und das Licht an und Vater steckte den Kopf herein.

„In Gottes Namen! Was machst du denn noch hier?", meinte er entrüstet und sah mich mit großen Augen an.

„Ich wollte beim Anbinden helfen, aber das blöde Luder hat mich mit den Hörnern gepackt und in den Kuhdreck geworfen!", gab ich wütend zurück.

„Hast du dir wehgetan?" Er deutete auf meine Beine.

„Nein, ich mir nicht …, das war eine von diesen narrischen Kröten da hinten", maulte ich fuchsteufelswild.

„Und wegen der habe ich …, glaub ich, auch ein wenig in die Ho…? Aber das ist ja Blut. Wo kommt denn das her?", fragte ich erschrocken.

„Komm Agnes, wir gehen in Haus, da haben wir das bessere Licht, um herauszufinden, wo das herkommt."

Vater begleitete mich ins Haus, dort musste ich mir aber erstmal Mamas Moralpredigt anhören, nachdem sie meine blutverschmierten Beine gesehen hatte. „Was hast du jetzt schon wieder angestellt, du solltest doch auf dich aufpassen, bis die Operationswunde wieder abgeheilt ist!"

„Lass gut sein, Mama. Agnes hat nichts Falsches gemacht, sie hat uns nur geholfen, die fremden Viecher anzuhängen!"

„Ja, ja, und sie muss überall mit dabei sein, wo ein blauer Rauch aufgeht!", setzte Mama zu Vaters Verteidigung hinzu.

„Ja, ja, und unsere Mama muss halt immer das letzte Wort haben. Jetzt lass uns lieber mal nachschauen, warum das nicht aufhört zu bluten!", sagte Vater zu Mama und schob mich zur Küchenbank.

„Heiliger Sankt Valentin!", stieß Mama erschrocken aus. „Schau dir das an, Vater … Die Wunde ist komplett offen, die Klammern ausgerissen! Was machen wir denn jetzt?"

Vater warf einen kurzen Blick auf das Malheur, nahm ein großes Handtuch aus der Schublade, tränkte es mit kaltem Wasser und presste es mir auf die Wunde.

„Jetzt legst du dich auf die Bank und rührst dich nicht mehr vom Fleck, bis wir das Blut gestillt haben!", befahl Vater.

Abwechselnd liefen sie beide noch eine halbe Stunde mit den Handtüchern zwischen dem Wasserkübel und mir hin und her, bis Vater erleichtert aufatmete und sagte. „Seht ihr, so haben wir im Krieg so manchem stark verwundeten Kameraden das Leben gerettet, der sonst verblutet wäre." Dann zog er einen Stuhl heran, setzte sich und meinte aufmunternd:

„Zumindest musst du jetzt nicht mehr ins Krankenhaus, die Klammern entfernen lassen, das hat jetzt diese Kuh für dich erledigt."

„Wir müssen morgen aber trotzdem zum Doktor ins Dorf, die Wunde muss doch wieder zugenäht werden!", fügte Mama sorgenvoll hinzu.

Gleich am nächsten Morgen musste Hans mich mit seiner Vespa zum Doktor fahren.

„Fahr bitte ganz langsam, damit Agnes' Wunde unterwegs nicht wieder zu bluten anfängt!", ermahnte Mama meinen Bruder, bevor sie uns endlich losfahren ließ. Hans hatte sich Mamas Mahnung zu Herzen genommen. Er fuhr so langsam, dass er in einer Kurve das Gleichgewicht nicht mehr halten konnte und umgekippt ist. „Das war wohl ein bisschen zu gut gemeint", sagte Hans, als wir lachend am Straßenrand lagen. Vorsichtig half er mir auf, stellte das Gefährt wieder auf die Straße und ließ den Motor wieder an.

Dem Doktor musste ich zuerst die ganze Geschichte mit der Kuh erzählen, bevor er sich an seine Arbeit machte.

„Sieht nicht gut aus", murmelte er, während er an der Wunde herumtastete und drückte.

„Aua, aua, das tut weh", protestierte ich.

„Ja ja, ich sehe schon, da braucht es einen Dreifachstich, damit die Wunde beim nächsten Stierkampf nicht

wieder reißt", meinte er und begann mit seiner Flicke-
rei, die eine halbe Ewigkeit dauerte. Anschließend
tränkte er einen Wattebausch mit Jod und tupfte ihn
mir auf die Wunde und das brannte wie Feuer. Endlich
von diesem Martyrium erlöst, rutschte ich flink von
der Pritsche und war schon fast an der Tür, als er mich
gerade noch am Ärmel erwischte, zurückzog und auf
einem Stuhl drückte. Wortlos setzte er sich vor mir
auf seinen Hocker, kam mit seinem Gesicht ganz nahe
an meines und schaute mir in meine Augen. Er
drückte mein Augenlid nach unten und schob das
Obere nach oben, schaute und suchte in meinen Augen herum, als hätte er darin etwas verloren. Dann
rückte er samt Hocker von mir weg, zupfte nachdenklich an seinen langen, buschigen Augenbrauen und
sagte:

„Deine Leber gefällt mir gar nicht, die hat wohl etwas
von der Gelbsucht abbekommen. Sag deiner Mutter, sie
soll vorbeikommen, ich muss mit ihr reden!"

Im diesem Jahr 1963 standen die Sterne nicht gerade
auf meiner Seite. Um bleibende Leberschäden zu verhindern, ordnete der Doktor eine ganzjährige Diät an.
Fortan gab es für mich nur noch Salzloses und im Wasser gekochtes Essen. Doch dieser Matsch hatte mir immer mehr zugesetzt, und meine Leber wurde dadurch
auch nicht schöner. Anstatt dass es mir besser ging,
wurde ich zusehends schwächer, war ständig müde

und konnte mit den Anderen nicht mehr mithalten. Darum tauschte Mama mit mir die Arbeitspflichten.

„Du bleibst im Haus, schaust auf die Kinder, räumst auf, spülst ab und zu Mittag kochst du eine Gemüsesuppe!", trug sie mir an jenem Tag auf.

Ob dies alles weniger anstrengend sein sollte, bezweifelte ich anfangs noch, stellte aber bald fest, dass es tatsächlich so war. Vor allem hatte ich meine freie Zeiteinteilung und die nutzte ich gleich aus. Kaum, dass Mama hinter dem nächsten Wieseneck verschwunden war, schnappte ich mir die Wochenzeitung und machte es mir auf dem Diwan gemütlich. Ich las für mein Leben gerne, auch wenn ich die meisten Geschichten aus dem Reinmichlkalender schon fast auswendig kannte, las ich sie immer wieder aufs Neue.

Die Kleine schlummerte brav in der Wiege und die anderen drei spielten friedlich in der Stube. Alles war harmonisch und ruhig, und ich war bald so tief in einer Geschichte versunken, dass ich völlig die Zeit vergaß. Bis der Kuckuck in der Stubenuhr sein Türchen aufstieß und zwölf Mal sein schrilles „Kuckuck" herausschrie. Wie von einer Wespe gestochen sprang ich auf, schmetterte den Kalender auf die Eckbank und hetzte in die Küche, um die große Gemüseschüssel zu holen. Dann lief ich hinaus, feuerte die Schüssel im hohen Bogen voraus in den Garten und schwang mich über den Zaun hinterher. Aber anstatt im Gemüsebeet zu landen, hing ich kopfüber am Gartenzaun. Verzweifelt versuchte ich mit den nackten Zehen den Rocksaum nach oben zu schieben und aus dem Zaunpfahl auszuhangeln, doch dadurch wurde der Riss im Stoff noch größer und ich sackte immer tiefer.

Das Blut pochte in meinen Schläfen, während ich die Umgebung von unten betrachtete. Da sah ich zwei nackte Füße, außen am Gartenzaun. Dann kamen noch zwei näher und bald standen mehrere nebeneinander da. Einige waren nackt, andere steckten in Schuhen und ein Paar in Sandalen. Alle in verschiedenen Größen und alle kannte ich. Auch das Kichern und Lachen vor dem Zaun war mir vertraut. „Das hier sieht ganz so aus, als müssten wir heute noch länger auf die Knödel warten!", spottete Hans.

„Gemüsesuppe, nicht Knödel!", verbesserte Maria ihn.

„Aber ich habe jetzt Hunger!", maulte der Sepp.

„Seht doch, ihr ist schon das Blut in den Kopf geschossen!"

„Das macht nichts, da drinnen wird nur das Stroh nass."

„Das Langziehen lassen hätte sie sich sparen können, die war vorher schon lang genug."

„Deshalb stolpert sie ja immer wieder über ihre eigenen Haxen und landet auf der Schnauze!"

Dieser fröhliche Diskurs und das Gelächter wären sicher noch weitergegangen, wenn sich nicht noch die Füße meiner Eltern dazugestellt hätten.

„Was ist denn hier wieder los?", fragte Vater.

109

„Ja, Vater, das müsst ihr euch jetzt mal genau anschauen, so eine Figur sieht man nicht alle Tage!"

„Ja, Herrgott noch mal" begehrte Vater auf. „Seht ihr alten Esel denn nicht, dass Agnes Hilfe braucht und mit ihren Kräften am Ende ist?", schimpfte er, während er mich an den Füssen packte und etwas anhob, damit Mama den Knopf am straffgezerrten Taillenbund meines Rockes öffnen konnte. Langsam glitt ich hindurch und landete mit einem sanften Plumps im Schnittlauchbeet, wo ich erstmal liegenblieb, bis der Schwindel verging, und um mir eine passende Rechtfertigung auszudenken. Mama fragte mich später am Esstisch:

„Mich würde aber schon interessieren, wie du das nur angestellt hast, um so eine Gestalt abzugeben. So was bekommt doch kein Mensch zustande, selbst wenn er wollte!"

„Doch, unsere Agnes schon, die kennt ganz viele von diesen Kunststücken, wie man ja andauernd sehen kann. Und ganz bestimmt kann sie uns einige davon beibringen!", antwortete Hans an meiner Stelle und hielt sich, vor Vaters Löffel schützend, beide Hände auf den Kopf. Doch Vater legte den Löffel in seinen Teller, schaute mit ernster Miene in die Tischrunde, drehte seine Schnurbartspitze zwischen Daumen Zeigefinger und sagte: „Seien wir doch alle froh, dass Agnes nur mit dem Rockzipfel und nicht mit dem Bauch an der Zaunspitze hängengeblieben ist. Und ich denke, die Agnes hat etwas daraus gelernt und geht das nächste Mal durchs Gartentor, und nimmt bestimmt nie wieder die Abkürzung über den Gartenzaun. Außerdem solltet ihr der Agnes dankbar sein, dass wir heute einen Kaiserschmarrn, und nicht nur eine Gemüsesuppe bekommen haben. Anstatt Spott und Hohn, hätte sie sicher mehr Achtung und Hilfsbereitschaft verdient, und auch mal gerne ein Dankeschön gehört!" Mucksmäuschenstill und mit gesenkten Köpfen saßen sie alle da, ihre nach unten gerichteten Blicke hafteten jedoch scheu an Vaters Lippen, dessen Worte schließlich doch einige zaghafte „Dankeschöns" und „Vergelt's Gotts" bewirkt hatten.

Aber die Zugabe von Hans: „Danke, Agnes, für die Gratisvorstellung auf dem Zaunpfosten", hatte zur Folge, dass Vaters Löffel doch noch in Bewegung kam und auf Hans seinem Kopf aufschellte, was die gedrückte Stimmung in der Stube wieder erheblich auflockerte und alle wieder herzhaft lachten. Das war unser Vater. Er fragte nie lange wieso und warum, er sah in jeder Begebenheit immer auch das Positive.

Der kleine Ausreißer

Nachdem alle wieder zurück zur Heuarbeit gegangen waren, nahm ich mir vor, das Schlamassel vom Vormittag wiedergutzumachen und Mamas Erwartungen nicht wieder zu enttäuschen. Vor allem aber wollte ich den mir selbst aufgesetzten Stempel als Tollpatsch vor meinen Geschwistern widerlegen.

Nachdem ich die versäumten Arbeiten wieder aufgeholt hatte, wechselte ich der quengligen Kleinen die Windel und legte sie schlafen. Nachher spielte ich noch ein wenig mit den anderen Dreien vor dem Haus, bevor ich erneut in den Garten ging, um das Gemüse für die Suppe am Abend zu holen. Während ich die Schüssel füllte, warf ich immer wieder einen prüfenden Blick zu den Kindern vor dem Haus. Doch als ich aus dem Garten kam und sah, dass der kleinste Bruder nicht mehr da war, sah ich meine guten Vorsätze dahinschwinden. Das verhieß nichts Gutes, denn sobald man den Bengel eine Sekunde aus den Augen ließ, büxte er aus, um die Welt zu erkunden *„Aber weit kann er noch nicht gekommen sein,"* überlegte ich und machte mich mit dem Baby auf dem Arm, und den zwei Kleinen im Schlepptau, hinterher. Wir marschierten gleich hinaus in den Wald, wo ich ihn schon einige Male vorher aufgelesen hatte.

Und tatsächlich dauerte es nicht lange, bis ich panische Angstschreie aus dem finsteren Wald hörte. Ich beschleunigte meine Schritte und bald konnte ich ihn sehen, wie er strampelnd und wild um sich schlagend neben einem großen Ameisenhaufen hüpfte und aus ganzen Leibeskräften brüllte. Vergnügt und ein wenig schadenfroh sah ich mir das Spektakel erstmal an. Hektisch liefen die Ameisen kreuz und quer und ich staunte, wie schnell diese großen Waldameisen waren. In großen Scharen liefen sie eifrig und flink über seine Arme und Beine. Sie krabbelten unter seine kurze Lederhose und im Nu kamen sie wieder oben am Hemdkragen hervor. Ich ließ ihnen absichtlich noch ein Weilchen ihren ungestörten Lauf. Vielleicht kapierte er so endlich, dass er besser zuhause geblieben wäre. Den ganzen Heimweg entlang plärrte er, und kratzte sich von oben bis unten. Doch das störte mich nicht. Schließlich kann ich meine Augen nicht überall gleichzeitig haben. Zudem hatte ich wegen diesem Rotzlöffel und seinen Streifzügen ohnehin schon genug einstecken müssen, weil ich nicht aufgepasst hatte. Was bei dem Lausbuben aber auch ein schweres Unterfangen war, wenn man nur einen Augenblick nach rechts schaute, so war er auf der linken Seite verschwunden. Ich musste mir unbedingt eine Strategie ausdenken, um diesen Ausbrecher endgültig eine Grenze zu setzen. Und diese Gelegenheit bot sich gleich schon am nächsten Tag.

Während ich mit der Kleinen auf dem Stubentisch saß und ihr das Milchfläschchen gab, beobachtete ich unsere und Nachbarskinder vor dem Haus. Sie spielten Fangen und liefen ausgelassen und übermütig hintereinander her. Bis der kleine Lausbub plötzlich aus der Gruppe ausscherte und am Wasserbrunnen vorbei, zwischen den Nachbarhäusern hindurch, geradewegs den Waldweg anpeilte. Sachte legte ich das schlafende Kind in die Wiege, lief nach draußen, bugsierte die gesamte Kinderschar ins Haus, schnappte mir die zerschlissene alte Wolldecke, die ich für meinen Plan zurechtgelegt hatte und schloss die Haustür hinter mir ab. In der Hoffnung, dass er in diese Richtung gegangen war, die ich für mein Vorhaben ausgedacht hatte, schlug ich auf gut Glück diesen Weg ein.

Und siehe da – er tappte gerade etwas Abstand haltend am Ameisenhaufen vorbei. Ich hielt mich auf der rechten Waldseite und schlich mich geduckt hinter dem dichten Gestrüpp an ihm vorbei, sodass ich vor ihm bei der kleinen Kapelle ankam, hinter der ich mich verstecken wollte. Dort warf ich mir die Decke über, und genau als er an mir vorbeigehen wollte, sprang ich brüllend und fauchend wie ein wildgewordenes Tier hervor, fuchtelte mit zwei langen Fichtenreisigen drohend umher und jagte ihn davon.

115

Ich weiß zwar nicht, wer von uns beiden mehr geschrien hatte, jedenfalls war er vor mir zuhause, und saß am ganzen Körper schlotternd und heulend vor der Haustür.

„Was ist denn mit dir passiert? Warum weinst du denn so bitterlich?", fragte ich, setzte mich zu ihm und legte meinen Arm beschützend um den kleinen, zitternden Körper.

„Im Wald draußen ist der Krampus!", schluchzte er und sah mit angstvollen Augen zu mir auf.

„Neeiin ... Was du nicht sagst! Wollte er dich etwa mitnehmen?"

„Nein, das nicht, a... a..., aber er hat mich weg ... gejagt, weil er mich nicht mag."

„Och, du armes Scheißerle, das ist aber schade."

„Aber vielleicht nimmt er mich das nächste Mal mit, wenn ich alleine im Wald draußen bin!"

„Ja, ganz bestimmt tut er das. Aber weißt du was? Dann spielst du einfach den Schlaueren und gehst nicht mehr alleine hinaus!"

„Das traue ich mich auch nicht mehr, dann gehe ich halt ... Aber der Krampus könnte ja überall sein?", überlegte er.

„Da hast du recht, nur hier daheim, da ist er nicht, weil ihm da zu viele Menschen sind!"

Das hatte gesessen, seitdem ist er nie wieder alleine losgezogen, sogar in Begleitung hatte er meinen Rockzipfel nicht mehr losgelassen. Irgendwie tat es mir leid, diesem kleinen Kind solche Ängste einzujagen, aber ohne diese Holzhammermethode hätte er seine Ausflüge bestimmt nicht so schnell aufgegeben. Trotzdem begriff ich mit meinen elf Jahren noch nicht, was diesen kaum dreijährigen Zwerg überhaupt dazu bewogen hatte, immer wieder aus der Gemeinschaft auszubrechen. Ich habe viel und lange darüber nachgedacht, seinen Charakter studiert, bin jedoch nie auf einen grünen Zweig gekommen, was in diesem kleinen Kindskopf wohl vorgegangen sein mochte.

Mama wunderte sich über seine Veränderung, machte sich jedoch Sorgen über das verstörte Verhalten des kleinen Buben. Als er statt besser immer ängstlicher wurde, packten mich Schuldgefühle und ich entschloss mich Mama zu beichten, was ich mit ihm angestellt hatte. Mir fiel ein großer Stein vom Herzen, als alles raus war und Mama mich verschmitzt anlächelte und sagte: „Das dachte ich mir. Wem außer dir könnte wohl eine bessere Idee einfallen, wie man dem Rotzbub seine Streiche vergrault? Das hast du ganz ausgezeichnet gemacht, Agnes."

„A... A... Aber ... ihr seid mir nicht böse deswegen?"

„Nein, Agnes, ganz im Gegenteil. Wir wissen alle, wie gut du mit den Kindern umgehen kannst, sonst würden sie nicht wie die Kletten an dir hängen und dauernd hinter dir herrennen. Vater und ich sind froh, dass wir uns auf dich verlassen und unbesorgt unserer Arbeit nachgehen können."

Das war mal eine Ansage! Das hätte ich niemals von Mama erwartet, ich konnte es kaum glauben. Das war Balsam für meine Seele und das größte Geschenk, was Mama mir machen konnte. Aber es war auch ein Anlass, der mich erneut wieder zum Grübeln brachte. Ich dachte immer mehr über den Sinn der Gerechtigkeit und Ehrlichkeit nach, mir wurde immer bewusster, dass es genau das war, was mich oft so belastet und traurig gemacht hatte. Warum musste man dauernd Ausreden oder Lügen erfinden, um nicht bestraft zu werden, wenn man einen Fehler gemacht hatte? Warum musste man sich immerzu wehren, und so lange suchen, um Achtung und Anerkennung zu finden? Warum musste man sich verstecken und durfte sich nicht so zeigen, wie man wirklich ist? Dabei wäre doch alles so viel einfacher und unkomplizierter, wenn man einander zeigen und sagen würde, was und wie man empfindet und denkt. In mir öffnete sich so etwas wie ein neues Fenster, durch das ich viele Dinge klarer sehen und Menschen besser verstehen konnte. Allmählich begriff ich auch, warum Mama so anders als Vater war. Warum sie nicht so geduldig und gelassen wie er sein konnte, und warum ihr oft die Nerven durchgingen.

Mama war manchmal einfach nur übermüdet und ausgelaugt gewesen, weil sie vor Sorge um ein krankes Kind nicht einschlafen konnte, oder weil sie ihren Nachtschlaf einem schreienden Baby geopfert hatte, während Vater seelenruhig neben ihr schnarchte.

Mama hatte zu jeder Zeit die Hände voller Arbeit, die oftmals bis weit in die Nacht hinein kein Ende nahm, weil der Tag einfach zu kurz gewesen war, um all die dringenden Pflichten zu bewältigen.

Und weil sie sich nie ein Mittagsschläfchen gönnte, so wie Vater auf seinen nie verzichtete, egal was war.

Er nahm die Arbeitspflichten viel lockerer. Die Arbeit, die er heute nicht schaffte, für die wäre morgen auch noch ein Tag, sagte er. Wenn Mama mal nicht fertig wurde und ihn um Unterstützung bat, meinte er fürsorglich: „Mama, mach Feierabend für heute. Der Herrgott hat die Welt auch nicht in einem Tag erschaffen!" Aber sie schuftete weiter, bis alles erledigt und sie total erschöpft war. An solchen Tagen danach, kam es gerne mal vor, dass Mama nicht lange in die Tiefe gegangen ist, um herauszufinden, welcher Hitzkopf mit einem Streit angefangen hatte, sondern bevorzugte meist die kürzere Variante, indem sie dem ersten, den sie erwischte, mit einer Ohrfeige deutlich machte, wie viel schöner doch Ruhe und Frieden wären.

Und weil ich Ungerechtigkeiten seit jeher schon wie die Pest hasste, half ich ihr beim Denken und den wahren Täter zu finden. Somit war meistens ich es, die ihr am nächsten stand und eine eingefangen hatte, während die anderen schon längst in Deckung gegangen waren und der Übeltäter die Flucht ergriffen hatte.

Vater hatte sich da nie großartig eingemischt, obwohl es ihm leidtat, wenn es wieder mal den Falschen erwischt hatte. Dafür hatte er immer versucht auszugleichen, zu schlichten und alles wiedergutzumachen. Bei ihm hatte ich manchmal das Gefühl, als könnte er Gedanken lesen, meine Gefühle und die Traurigkeit spüren. Eines Abends sagte er zu mir: „Ich muss morgen in die Stadt und du kommst mit. Wenn du einen Tag lang nicht da bist, kannst du hier auch nichts falsch machen, ohne dich kann die Mama den wahren Übeltäter viel leichter ausfindig machen!"

Ich war baff und freute mich so sehr, dass ich vor Aufregung lange nicht einschlafen konnte.

Die Welt kennenlernen

In der Stadt angekommen, spazierten wir an der Meraner Kurpromenade entlang. Bei einem kleinen Stand kaufte Vater eine Tüte Vogelfutter, mit dem ich die Tauben anlocken und füttern durfte, während der Stadtfotograf Bilder von uns beiden machte. In einer Eisenhandlung kaufte Vater noch einige Nägel in verschiedenen Größen, eine neue Beißzange und einen Wetzstein für die Sense. Anschließend sind wir ins Gasthaus „Zur Schwarzen Katze" zum Mittagessen gegangen. Vater bestellte für sich eine saure Suppe und ein Viertel Rotwein, und für mich eine Nudelsuppe mit Wurst und einen großen Stutzen Arangiatta (Orangensaft). Das Getränk sprudelte und prickelte von den Lippen bis tief in den Bauch hinein. Da ich aber richtig großen Durst hatte, trank ich das Glas in einem Zug aus, bevor ich mich über die Suppe hermachte.

Gerade als ich den ersten Löffel in den schon offenen Mund führen wollte, entfuhr mir ein lauter, langer Rülpser, der gewiss bis zum Ende des Speisesaales zu hören gewesen war. Erschrocken über mich selbst, schaute ich Vater hilfesuchend an, der aber nur amüsiert lächelte. Danach sah ich in einige entsetzte Gesichter, die vorwurfvoll auf uns beide gerichtet waren.

„Das Benehmen von vorhin war nicht gerade die feine Art von dieser Dame hier!", sagte die Bedienung zu Vater, während er die Rechnung beglich.

„Na, da kann man nichts machen, sie ist eben noch keine feine Dame, und soweit ich mein Mädchen kenne, wird sie wohl nie eine werden!", erwiderte Vater und blinzelte mir zu. „Auf Wiedersehen und nichts für ungut", sagte er höflich, lupfte den Hut zum Gruße, nahm meine Hand und verließ vergnügt den Speisesaal. Nachher hatte Vater in der Stadt noch einige Besorgungen zu machen, und da kam ich aus dem Staunen nicht mehr heraus.

Ein Laden reihte sich an den Nächsten, und es gab so viele Dinge und Sachen, die ich nicht kannte und überhaupt noch nie gesehen hatte. Vater musste mich andauernd ermahnen weiterzugehen. Bis der Spielzeugladen kam. Da packte ich Vater mit beiden Händen am Arm und zog ihn zurück, damit er dort stehenblieb. „Schau doch Vater, die vielen Puppen ... Eine ist schöner als die andere. Kaufst du mir bitte eine? Bitte, bitte, Vater, nur eine!"

„Wozu brauchst du noch eine Puppe, du hast doch schon eine?"

„Äähh ... ja ..., aber die Maria hat noch keine."

„Dann gibst du ihr deine."

„Das wollte ich ja, aber Maria mag sie nicht, weil sie so grässlich ausschaut, und seitdem ihre Wangen abgebrannt sind, sieht sie direkt zum Fürchten aus. Bitte Vater, sieh doch, wie schön die da mit den langen Zöpfen ist. Siehst du sie? Die da, die auf dem untersten Rega..."

Bevor Vater verstand, welche Puppe ich meinte, preschte ich mit voller Wucht mit der Stirn gegen die Schaufensterscheibe, so dass ich keine Puppe mehr, sondern nur noch die Sterne tanzen sah. Anstatt einer Puppe bekam ich einen dicken roten Höcker auf der Stirn, der solange schmerzte, bis Vater mir beim Stadtbrunnen mit seinem Schneuztüchl kalte Umschläge machte, bevor wir zur Heimfahrt in den Autobus einstiegen.

„Welcher Stier hat dir denn so ein großes Horn aufgesetzt?", fragte Mama besorgt, als wir zuhause angekommen waren.

Es war Anfang August, als mir meine Eltern mitteilten, dass ich nach Deutschland fahren dürfte. Der Frontkämpferverein veranstaltete jeden Sommer einen Kinderaustausch. So durften die deutschen Kinder einen Monat zu uns ins Gebirge und die Südtiroler Kinder nach Deutschland. Meine Freude war riesengroß. Ich konnte es anfangs einfach nicht glauben, dass ich inmitten der größten Arbeit auf dem Hof und trotz dem strengen Diätjahr fort durfte. Immer wieder vergewisserte ich mich bei Mama, ob das nicht nur ein Traum sei.

„Nein, nein!", sagte sie schmunzelnd, „du träumst zwar oft und viel den lieben langen Tag über, aber diesmal ist es kein Traum. Du hilfst überall fleißig mit, schaust immer brav auf die Kinder, auch wenn es dir, so wie in der letzten Zeit selbst nicht gutgegangen ist. Darum wird dir ein wenig Luftveränderung sicher auch ganz guttun."

Dann kam der Tag, an dem ich die große weite Welt kennenlernen durfte. Wir, sieben Mädchen, ein Bub und eine Begleiterin stiegen in Meran in den Zug und staunten nicht schlecht. Je weiter der Zug sich von unserem Heimatort entfernte, umso flacher wurden die Berge, und je länger die Reise dauerte, umso größer und weiter wurde die Welt.

Frankfurt am Main war unser Ziel. Dort angekommen, waren wir jedoch enttäuscht, da man in der großen Stadt wegen der vielen Hochhäuser noch weniger weit in die Welt hinaussehen konnte als bei uns daheim. Doch dafür gab es so viel Neues zu sehen, dass zwei Augen nicht ausreichten, um alles anzuschauen. Jeden Tag wurde mit uns Kindern etwas unternommen, mir blieb nicht mal mehr Zeit zum Fantasieren, Träumen und Nachdenken. Die ersten zwei Wochen durfte ich in Hattersheim bei der Familie Hackl wohnen, die eine Bäckerei besaßen. Von der zweiten Woche bekam ich allerdings nicht mehr viel mit, denn nach einer Schiffsfahrt auf dem Main, die wir mit der Gruppe unternahmen, wurde ich seekrank. Der Duft vom frischgebackenen

Brot, der durch das ganze Haus zog, und den ich so gern gerochen hatte, drehte mir nachher immer wieder den Magen um. Darum brachte man mich für die restliche Zeit zu einer Familie Roth. Diese hatten drei Töchter, die Jüngste davon war in meinem Alter. Von ihr habe ich die ersten Schneiderbücher, eine Gitarre und noch viele andere Geschenke bekommen, die ich alle mit nach Hause nehmen durfte. Mit einem kleinen Köfferchen bin ich nach Deutschland gefahren und mit zwei großen, so als käme ich aus dem Schlaraffenland, bin ich zurückgekehrt.

Doch die Freude wieder zuhause zu sein, und meine Familie wieder zu haben, war für mich das größte Geschenk. Denn da wo sie waren, war die Welt am allerschönsten.

Ich habe alle Geschenke an meine Geschwister verteilt, nur die Bücher und die Gitarre habe ich für mich behalten. Mit dem Instrument bin ich jeden Sonntagnachmittag zu Onkel Hans, unseren Bauerndoktor, marschiert. Er war ein begeisterter Musiker, spielte mehrere Instrumente und lehrte mich das Gitarrespielen. Im Sommer, wenn schönes Wetter war, wartete er schon mit der Zither, seiner Gitarre und einer Wolldecke vor dem Haus auf mich. Wir gingen zum gegenüberliegenden Bach und setzten uns ans Ufer, denn dort, so behauptete Onkel Hans, klängen unsere Singstimmen viel reiner und klarer. Wovon ich aber nicht so überzeugt war, denn das Plätschern und Rauschen des

Baches löste in mir immer noch Unbehagen aus. Onkel Hans wusste darüber Bescheid und deshalb wollte er absichtlich mit mir dort hin.

„Die Musik ist die beste Therapie!", meinte er überzeugt und stimmte fröhlich die Gitarren.

Und tatsächlich übertönten die Saitenklänge und unsere schönen Lieder die Geräusche des Wassers, so dass ich den Bach bald nicht mehr hörte. Irgendwann hat Onkel Hans meinen Vater auf dem Kirchweg abgefangen und ihn gebeten, mir eine neue Gitarre zu kaufen, weil bei meiner die Saiten viel zu hoch über den Bund gespannt waren, so dass man kaum imstande war, einen sauberen Akkord hervorzubringen. Doch dazu fehlte meinem Vater das nötige Musikgehör. Zur Entschädigung kaufte er mir auf dem Bauernmarkt einen neuen Heurechen, den er für notwendiger fand, und zudem auch noch billiger war.

Dafür aber war Mama musikalisch und hat gerne mit uns Kindern gesungen. Sie kannte alle Lieder, die ich bei Onkel Hans dazugelernt hatte. Oftmals saßen wir nach Feierabend auf der großen, warmen Herdplatte, sangen und unterhielten uns bis weit in die Nacht hinein.

Vater zog sich lieber mit einer Zeitung in die Stube zurück, als wäre er an unserem Gesang nicht interessiert, doch ließ er immer die Stubentür einen Spaltbreit offen.

Oft saßen wir nach Feierabend alle versammelt in der Stube und horchten gespannt zu, wenn Vater vom

Krieg und von seiner Gefangenschaft erzählte. Im Juni 1940 erhielt Vater die Einberufung zum Wehrdienst, mit Stellungspflicht beim Wehrkommando in Innsbruck. In der Folge wurde er dem Wehrkommando Klagenfurt überstellt und dem dritten Gebirgsjägerregiment zugeteilt. Dort absolvierte er einen halbjährigen Ausbildungslehrgang, woraufhin er nach Norwegen überstellt wurde. Etwas später kam Vater nach Schlesien an den russischen Frontabschnitt, dort verblieb er bis zur Kapitulation der deutschen Wehrmacht 1945 im Einsatz. In der führungslosen chaotischen Situation aller Waffengattungen geriet Vater in russische Gefangenschaft und landete nach einem längeren Eisenbahntransport in einem großen Lager Sibiriens, wie tausende seiner Leidensgenossen auch. Unter strenger Bewachung mussten die unterernährten Landser bei Hunger und Kälte ohne Sold Schwerarbeit leisten. Ein abgestreifter Esslöffel voll Nahrung war ihre tägliche Mahlzeit.

Im Juni 1947, nach zweijährigem Zwangslager hinter Stacheldraht, öffneten sich die Tore der Freiheit, und Vater wurde mit Entlassungsschein nach Innsbruck überstellt. Von dort wanderte er nach Längenfeld (Ötztal) zu seiner Schwester und machte zur Stärkung seiner Kräfte einen längeren Zwischenaufenthalt, ehe er es wagte, nach siebenjähriger Trennung, illegal über die Zwickauerhütte nach Pfelders in die ersehnte Heimat zu gelangen.

An dieser Stelle sei vermerkt, dass Vater in der Gefangenschaft an der Ruhr erkrankte, und infolge totaler Erschöpfung am Ende seiner Kräfte war. Sein Lagerkamerad und Leidensgenosse Christian Raffeiner aus Jenesien holte ihm in dieser Notlage, trotz strenger Bewachung, unbemerkt einen Liter Wasser und rettete somit seinem Kameraden, unserem Vater, das Leben. Vater blieb sein Leben lang in dankbarer treuer Freundschaft mit seinem Lebensretter verbunden. Im östlichen Massenlager, so erzählte Vater, starben damals täglich mehrere hundert ausgemergelte Landser, die fern der Heimat ihre letzte Ruhestätte fanden.

Immer wieder baten meine Brüder unseren Vater, diese Geschichte zu erzählen. Obwohl ich sie schon oft gehört hatte, lauschte ich jedes Mal erneut aufmerksam und mit klopfendem Herzen zu. Auch wenn ich von vornherein schon wusste, dass ich die halbe Nacht wach liegen würde, weil Vater und die anderen Männer mir so sehr leidtaten. Das zeigte mir aber auch immer deutlicher, warum Vater so bescheiden und zufrieden mit allem war. Wenn einer von uns Kindern beim Essen meckerte, weil er ein Gericht nicht mochte, sagte er dazu: „Sei froh und dem Herrgott dankbar, dass ein voller Teller vor dir steht, den du aufessen darfst. Und dass du nicht mit Hunger und Durst vom Tisch aufstehen musst, so wie es früher bei uns daheim war. Meine

Geschwister und ich sind öfter mit halbleerem als mit vollem Magen vom Esstisch gegangen!"

So vergingen viele unterhaltsame Abende, denn Vater und auch Mama wussten immer wieder neue Geschichten von früheren Zeiten zu erzählen.

Die verhängnisvolle Zirmnuss

Unvergessen blieb auch jener Spätsommerabend, als wir um den großen Stubentisch gesessen und die Zirmnüsse gebrockt haben, die meine zwei ältesten Brüder am Nachmittag von der oberen Waldgrenze geholt hatten. Aufmerksam hörten wir zu, als Hans erzählte, auf wie viele Bäume sie klettern mussten, bis der große Sack voll war. Und wie er sich gerade noch auf einen anderen Ast schwingen konnte, bevor der, auf dem er gestanden hatte, abgebrochen ist, und den Alfred, der etwas weiter unter ihm stand, beinahe mit in die Tiefe gerissen hätte.

Empört über den Leichtsinn, wollte Mama gerade zu einer Schimpfpredigt ansetzen, als plötzlich ein dumpfer Knall unterm Tisch zu hören war. Aufgeschreckt stieß Mama ihren Stuhl von sich, kroch unter den Tisch und zog den kleinen Bruder hervor, der schon blau im Gesicht war und nach Atem gerungen hatte.

„Er erstickt uns, er erstickt uns!", rief Mama verzweifelt und klopfte ihm heftig auf dem Rücken. Komm Vater, hilf mir doch!", schrie sie in panischer Angst und hielt ihm das Kind hin. Vater nahm ihr den Bub ab, drehte ihn mit dem Kopf zu Boden und beutelte ihn, als wollte er etwas aus ihm herausschütteln, und Mama klopfte ihm weiterhin auf dem Rücken. Stocksteif und den Atem anhaltend saß ich zwischen den anderen hinterm Tisch. Bange Sekunden vergingen, ich befürchtete, sie würden den Kleinen gleich totschlagen. Ein anderes Bild schob sich plötzlich in mein Gedächtnis, schnell zwängte ich mich zwischen meinen Geschwistern hervor, trampelte über deren Füßen hinweg und mit einem großen Sprung war ich bei Vater und riss ihm das Kind aus den Händen. Ich stellte den linken Fuß auf die Ofenbank, legte den Bub bäuchlings auf mein Knie, hielt ihn mit einer Hand am Rücken fest und suchte mit dem Zeigefinger seinen Mund und den Schlund ab. Das ging alles ganz schnell, und bevor meine Eltern auf mein Eingreifen reagieren konnten, ertastete ich mit der Fingerkuppe das Hindernis im Hals und beförderte das kleine Zirmnüsschen ins Freie.

„Dem Himmel sei Lob und Dank, das ist noch mal gut ausgegangen!", seufzte Mama erleichtert an Vater gewandt, nachdem ich ihm das krächzend hustende Kind wieder in seine Arme gedrückt hatte. Mit langsamen Schritten ging Vater zur Ofenbank und setzte sich hin, dabei sah er mich unentwegt an, so als sehe er mich gerade eben zum ersten Mal.

Mama setzte sich zu ihm, sie schlotterte vor Schrecken am ganzen Körper, mit zittrigen Händen streichelte sie über den Kleinen und sprach leise und beruhigend auf das Kind ein. Eine kurze Zeit war es ganz ruhig in der Stube, nur das Ticken der Uhr und das leise Wimmern des Buben war zu hören, bis Mama die Stille unterbrach.

„Wie hast du das gemacht?", fragte sie mich.

„Wieso? Was?", erwiderte ich zögerlich.

„Na das, gerade eben!", meinte sie und deutete zum Kind.

„Ach daaas …? Ja, eigentlich habe ich das genauso gemacht, wie das letzte Mal, als mir der da drüben beinahe an einem Stückchen Karotte erstickt wäre!", antwortete ich und zeigte zum anderen kleinen Bruder, der inzwischen auf dem Diwan eingenickt war. Wie ein Geschoss fuhr sie auf einmal hoch, presste zornig die Lippen zusammen und sah mit wutfunkelnden Augen in die Runde am Stubentisch und blieb bei Hans hängen.

„Und eines kann ich dir sagen, das ist das allerletzte Mal, dass ihr diesen Dreck nach Hause bringt. Seht euch doch diese Schweinerei auf dem Tisch und auf dem Boden an. Wie um Himmelswillen soll ich nur das ganze Pech wieder aus dem Holzboden kriegen!", fauchte sie ihn an.

Vater sah sie verdutzt an, sein rechtes Augenlid zuckte, während er nachdenklich an seinem Schnurbart drehte, bevor er nach ihrem Arm langte und sie wieder zurück, neben sich auf die Bank zog. Vater kannte Mama in- und auswendig und er wusste um ihr feuriges

Temperament Bescheid, und wie er damit umzugehen hatte. Er verstand, dass dieser Ausbruch nicht bösartig gemeint, sondern nur ein Schockreflex von ihr gewesen war. Vorsichtig legte er das nun schlafende Kind in ihren Schoß, legte den Arm um ihre Schulter, drückte sie liebevoll an sich und sagte mit sanfter Stimme: „Weißt du was, Mama? Was gerade eben passiert ist, hat uns alle erschreckt, aber es ist Gott sei Dank kein Unheil geschehen. Unser Kind ist gerettet, wir haben ihn noch, und wahrscheinlich haben wir auch einen großartigen Schutzengel in unserer Familie! Dafür sollten wir dankbar sein", setzte er hinzu sah mit tränennassen Augen zu uns Kindern herüber. Dann nahm er Mamas Hand, drückte sie und fuhr mit folgender Rede fort: „Und noch etwas kann ich dir versprechen, Mama. Ich werde dafür sorgen, dass uns auf diesem dreckigen Holzboden kein Kind mehr ersticken wird. Ich kauf dir einen Linoleumboden, den du ja schon lange haben wolltest, dann nagle ich die Spülbürste auf einen Stiel und wisch wasch hast du den Stubenboden wieder sauber. Brauchst nicht mehr stundenlang auf dem Boden herumzukriechen und zu schrubben und die Schwielen an deinen Knien bleiben dir auch erspart."

An den darauffolgenden Tagen verlor keiner mehr ein Wort über den Vorfall, denn der Schock steckte bei jedem von uns noch eine Zeitlang in den Gliedern. Auch Mama war besinnlicher und zurückhaltender als sie sonst war. Aber Vater verhielt sich mir gegenüber ganz sonderbar. Immer öfter fiel mir auf, dass er mitten in seiner Arbeit innehielt und mich nachdenklich beobachtete. Ich konnte mir sein Verhalten einfach nicht erklären und einordnen. Auf meine Frage hin zuckte er nur hilflos die Schultern, was mich noch mehr verwunderte. Was in seinem Kopf wohl vorgehen mochte, das er mir nicht sagen konnte oder wollte? Das erfuhr ich erst einige Wochen später, als Vater und ich spät abends den finsteren Waldweg entlang nach Hause gingen.

Die dunklen sich bewegenden Schatten am Wegrand ließen mich vor Angst erschauern, ich drückte mich stillschweigend immer näher an Vater heran und schob meine Hand in die seine. „Du musst keine Angst haben, Agnes, das sind nur kleine Fichtenbäumchen, die sich im Wind bewegen."

Im nächsten Moment stieß ich einen Angstschrei aus und sackte vor Schreck fast zu Boden, als etwas neben uns aus dem Gebüsch auftauchte und mit großen Sprüngen in den Wald flüchtete. Nun blieb Vater stehen, beugte sich zu mir herab, hielt mich an den Armen fest und sagte: „Agnes, das war nur ein Reh, das vor uns geflüchtet ist. Du musst dich vor nichts fürchten, ich bin ja bei dir und pass gewiss gut auf unseren Schutzengel auf."

„Wieso auf unseren Schutzengel?"

Vater ging vor mir in die Hocke, strich mir eine Haarsträhne aus der Stirn und sah mir ins Gesicht. „Agnes, ich weiß nicht, wie ich dir das sagen soll, ich kann es mir selbst nicht mal erklären. Aber ich werde einfach den Gedanken nicht los, dass du so etwas wie unser Schutzengel bist. Und ich kann dir nur tausendmal danken dafür, dass wir unsere zwei kleinen Hosenscheißerlen heute noch haben."

„Ach Vater, ich bin doch kein Schutzengel, sondern ein ganz normaler Mensch. Außerdem hat sowieso jeder seinen eigenen Schutzengel. Aber sag mal, Vater, könnte es nicht sein, dass unsere drei Engelchen im Himmel oben herunterschauen und zu unseren Schutzengeln werden, wenn wir in Not geraten?"

„Ja, das könnte allerdings leicht möglich sein. Was wissen wir Menschen schon, was da zwischen Himmel und Erde vor sich geht", erwiderte Vater überzeugt, während er sich wieder erhob und meine Hand nahm. In unsere Gedanken versunken gingen wir wieder weiter. Ich spürte die Wärme in Vaters Hand und auf einmal fiel jegliche Furcht und Unsicherheit wie ein schwerer Mantel von mir ab. Endlich wusste ich, was in Vater vorgegangen war, und wie ich das einordnen konnte. Gleichzeitig stellte ich fest, wie ähnlich wir beide uns waren, und dass wir uns deshalb so gut verstanden. Diese Erkenntnis hat mich so glücklich und zufrieden gemacht und ich war wieder dankbar, dass er mein Vater war.

Vater hat sein Versprechen auch eingehalten und hat der Mama den neuen Linoleumboden gekauft. Neu sah

er zwar nur solange aus, bis eine von den Nachbars-
töchtern mir ihre Stöckelschuhe, die sie von ihrer großen Schwester geschenkt bekommen hatte, vorgeführt
hat. Arschwackelnd und wie auf Eiern gehend, nach
links und rechts einknickend, stöckelte sie zur Stubentür herein. Sie drehte und wendete sich, damit ich ihr
fünf Nummern zu großes Schuhwerk gründlich bewun-
dern konnte. Solche Hacken hatte ich bis dahin noch
nie gesehen. Die waren ja hinten und vorne spitzer als
unsere neueste Heugabel. Und das war einfach zu spitz,
für den billigsten Linoleumboden, den Vater auftreiben
konnte. Heiland, sah dieser Boden bald aus!

Wie ein Nudelsieb, mit verschieden großen Löchern.

Die größten davon sahen aus, als hätte jemand Hun-
derternägel hineingeschlagen. Aber noch größer und
runder waren die Augen, die Mama machte, als sie
plötzlich an der Tür stand. Verdrossen starrte sie auf
den neuen Boden vor sich.

Die Stöckeldame drehte noch einige Runden, bis sie
auf Mamas Blicke traf, deren Augen sich inzwischen zu
schmalen Schlitzen verwandelt hatten. Und noch bevor
Mama tief Luft holen und ihr Mundstück zu einem Abmarsch anblasen konnte, spürte sie schon den Wind-
sturm auf sich zukommen. Hektisch sah sie sich nach
einem Ausweg um, schnappte in Windeseile nach ihren
Schuhen, bekam aber nur den einen, denn der andere
steckte mit dem Stöckel tief in einem Loch fest. Sie
zerrte und zog wie verrückt, schlüpfte aus, taumelte

rückwärts und flugs lag sie auf dem Boden. Auf allen Vieren peilte sie den Fluchtweg an und krabbelte flink zwischen Türstock und Mamas Beinen hindurch bis zur Haustür. Dort rappelte sie sich auf und rannte mit einer Geschwindigkeit davon, als wäre der Teufel hinter ihr her.

Schuldbewusst drehte ich schnell am Butterkübel weiter, als Mama vor mir stand und mich vorwurfsvoll ansah. Doch ich konnte ihr auch nichts Genaueres über den Hergang dieser Vorstellung erklären, denn auch mir wurde diese Modenschau vorher nicht angekündigt. Mama tat mir leid, denn sie hat sich so sehr über den neuen pflegeleichten Boden gefreut. Um ihr eine Freude zu machen und die verlorene Zeit wieder aufzuholen, drehte ich mit doppelter Geschwindigkeit den Butterkübel, so dass Mama es noch schaffte, am selben Vormittag die Butter zu klopfen, zu modeln und verkaufsfertig abzupacken. Als Vater zum Mittagessen von den Feldern kam und Mama ihm den demolierten Fußboden zeigte, wurde er erstmal fuchsteufelswild. „Heiland Sakra!", fluchte er. „Das ganze gute Geld verpulvert!", raunte Vater, während er sich den Schaden genauer ansah. Doch er beruhigte sich schnell wieder und meinte mit tröstenden Worten zu Mama: „Das ist kein Weltuntergang, Mama. Da ist Hopfen und Malz noch nicht ganz verloren. Gleich morgen in der Früh fahr ich in die Stadt und schaue, ob ich denselben Boden noch kriegen kann!"

Am nächsten Tag, wir saßen noch beim Mittagessen, kam Vater mit einer Riesenrolle auf seiner Schulter heim. Er lehnte seine Errungenschaft vor dem Haus an die Holzwand und setzte sich dann freudig schmunzelnd zu uns an den Tisch. „Und, hast du den Gleichen noch bekommen?"

„Ja freilich, Mama. Gleich nach dem Mittagsschläfchen mache ich mich an die Arbeit und leg ihn neu hinein."

Eine halbe Stunde später wetzte er das Küchenmesser scharf, dann schnitt er fein säuberlich das durchlöcherte Teil des Bodens heraus und legte den neuen Teil wieder hinein. Da der neue Bodenbelag dasselbe Holzmuster hatte, wie der andere zuvor, konnte man den Unterschied vom neuen auf dem alten kaum erkennen, bis auf die Schuhnägel, die er an den Rändern des alten und des neuen Bodens doppelreihig hineingeschlagen hatte. Also, mir gefiel der neue Boden mit dem großen Rechteck in der Mitte und den Verzierungen außen herum fast noch besser als er vorher gewesen war.

Die Bergmahd

Unser Vater war handwerklich überhaupt recht geschickt, es gab eigentlich nichts, was er nicht reparieren konnte, vorausgesetzt, dass er genügend Nägel bei der Hand hatte. Und wenn ihm diese mal ausgingen, dann nahm er die alten, verbogenen, die er sich für den Notfall aufbewahrt hatte, schlug sie mit dem Hammer auf einem Stein gerade und verwendete sie wieder aufs Neue. Er flickte sogar die durchgerosteten Milcheimer. Dazu zwickte er mit der Beißzange ein Stück Blech aus der Öldose ab und nagelte es großflächig auf den Kübel. Ich musste wirklich oft staunen, wie erfinderisch und kreativ unser Vater war. Seine Sparsamkeit muss wohl an den Hungersnöten, die er in seiner Kinder- und Jugendzeit und auch in der Gefangenschaft erlitten hatte, gelegen haben. Doch manchmal, da hat er es mit seinen Sparmaßnahmen wirklich ein wenig übertrieben.

Beim Heu mähen durfte kein Grashalm stehen bleiben und beim Einbringen keine Handvoll verloren oder hinten bleiben. Sobald die Heuernte zuhause unter

Dach und Fach war, mussten wir für drei oder vier Wochen auf die Mader-Bergwiesen. Ausgestattet mit Graskörben, Kraxen, großen Leinensäcken voller Lebensmittel, wie Weizen und Maismehl, Salz, getrocknetes Brot, ein Kilo Butter, zwanzig Eier, eine Flasche Wein und eine Pulle Schnaps für den Notfall. Eine große flache Stielpfanne, eine Milchkanne, ein Milchhaferl, eine Kelle und einen Schneebesen. Und jeweils für jeden von uns einen Löffel, Emailteller und Tassen. So brachen wir ältesten Geschwister mit Vater und unseren fünf Ziegen, alle beladen wie Maulesel, den dreistündigen steilen Bergmarsch auf. Wir hatten drei Mader, kleine schmale Wiesenstücke, die Untere, die Mittlere und die Obere. In dieser befand sich eine kleine Scheune, in der wir das Heu lagerten und die unser Nachtquartier war. Einige Meter daneben war eine wie in Felsgestein eingemeißelte Mulde, die uns als wettergeschützte Kochstelle diente. Eine steile Böschung weiter unten war die einzige kleine Fläche, die einigermaßen eben war, der Rest bestand aus Steilhängen, durch die sich schmale Steinbänke zogen und die auch abgemäht werden mussten, und zwar jeder Grashalm, darauf bestand Vater. An solchen Stellen aber hatte ich meine Schwierigkeiten und kam auch nicht mit der Arbeit voran, da ich dazu nur eine Hand frei hatte, weil ich mich mit der anderen immer irgendwo festhalten musste, damit ich nicht abstürzte. Oftmals geriet ich da oben in Notlagen, in denen ich keinen

Schritt mehr vorwärts noch rückwärts kam, und wo ich senkrecht darunter im Tal die Häuser so klein wie Zündholzschachteln gesehen hatte. Vater musste mich mehrmals aus solchen Situationen befreien, in denen ich mit dem Rücken an die Felswand gedrückt, mit beiden Händen mich links und rechts festhaltend, am ganzen Leib schlotternd vorgefunden hatte. Ich wagte kaum mehr zu atmen, hatte keine Luft um nach Hilfe zu rufen. Irgendwann hatte er genug von diesen Rettungsaktionen und sagte: „Agnes, du gehst besser wieder nach Hause. Für diese Arbeiten hier brauchen wir jede Hand, du hast aber immer nur eine frei. Kannst ja nichts dafür, du hast wohl den Schreck beim Wildbach draußen noch nicht überwunden!"

Obwohl ich immer und überall dabei sein wollte, wo Vater war, war ich ihm für diese Entscheidung zutiefst dankbar. Denn ich erlitt wirklich Höllenqualen da oben, und manchmal wurde mir sogar richtig übel, wenn ich einen von den Brüdern nahe am Abgrund stehen sah. Am nächsten Morgen weckte Vater mich schon vor Tagesanbruch und begleitete mich bis zum Halbweg ins Tal. Ich freute mich nach Hause und wieder in die Zivilisation zurückzukehren, was mir immer wie der reinste Luxus vorkam. Bis auf die Kuhmilch, die schien mir im Vergleich zur Ziegenmilch so fett und dick zu sein, dass ich das Gefühl bekam, sie kauen zu müssen.

Nur einmal bin ich noch auf die Mader gegangen, aber nur bis zur Untersten, denn in den letzten Tagen wurde die gesamte Heuernte der Bergwiesen zu großen Ballen gebunden, auf das Drahtseil gehängt und ins Tal befördert. Dabei brauchte es viele Hände zum Helfen. Maria, die leidenschaftliche Sammlerin, hatte aber schnell Wichtigeres zu tun, als sie eine Stelle entdeckt hatte, wo haufenweise Preiselbeeren waren, die verführerisch im Sonnenlicht schimmerten. Das Problem war nur, dass wir kein Gefäß mithatten, wo sie die Beeren hätte hineinpflücken können. Doch davon ließ sie sich nicht abhalten, sie sammelte sie in ihre Schürze ein, wenn diese voll war, leerte sie sie auf den Boden in eine kleine Mulde, baute eine Mauer aus Gras außen herum und pflückte munter weiter.

„Und wie willst du diesen Haufen hier nach Hause liefern?", fragte ich, nachdem ich sie eine Weile beobachtet habe.

„Hiermit!", antwortete sie verschmitzt grinsend und zeigte auf ihre Beine.

„Spinnst du? Wie willst du mit deinen Beinen diese Menge … das sind doch mindestens fünfzehn Kilo, nach Hause tragen?"

„Ganz einfach", meinte sie, setzte sich auf dem Boden, zog ihre Schuhe und die Strumpfhose aus.

„Und wie geht es jetzt weiter?", fragte ich.

„Jetzt? Jetzt brauchst du mir nur noch die Strumpfhose oben offenhalten, damit ich die Preiselbeeren einfüllen kann."

„Ja, und dann?"

„Und dann hilft du mir noch, sie zum Schießbock hinüberzutragen!" Das klang alles ganz logisch und überzeugt, darum tat ich einfach, was sie sagte.

„Wer kommt denn da heute noch zuwege?", fragte Hans grinsend und zeigte auf die rote Strumpfhose zwischen uns beiden, als wir schleppend auf ihn zugingen.

„Das ist sie, meine Strumpfhose. Und sie ist voll ... ganz voll mit Preiselbeeren!", erwiderte Maria und strahlte stolz übers ganze Gesicht.

„Und wie hast du dir das gedacht, soll ich die etwa mit dem da mitfahren lassen?", fragte Hans und deutete auf den Heuballen, denn er gerade auf das Anhängeseil hievte.

„Nein!", schrie Maria. „Die muss alleine fahren."

Hans prustete los und konnte sich vor Lachen kaum mehr fangen.

„Was gibt es da zu lachen?", meinte Maria spitz.

„Stellt euch mal Vaters Gesicht vor. Der wird Augen machen, wenn die zwei Hosenbeine auf ihn zugerast kommen. Mann, o Mann! Hoffentlich geht er rechtzeitig in Deckung, bevor die saure Ernte auf dem Holzbock aufschlägt. Das könnte bitter ins Auge gehen!"

Hans ließ noch die letzten drei Heuballen hinunter, dann kam die Premiere von Marias Erfindung. An zwei Seiten des Hosenbundes hakte Hans das Schießrad ein und hängte es aufs Drahtseil, hielt es aber noch solange zurück, bis Vater unten alle Ballen ausgehängt und zur Seite gerollt hatte. Dann ließ er die Strumpfhose los, die schnell an Geschwindigkeit aufholte, und mit weit gespreizten Beinen rasant zu Tal donnerte. Aus dieser Entfernung konnten wir zwar Vaters Gesichtsausdruck nicht sehen, doch seine Bewegungen – wie er mit einer Hand seinen Hut auf dem Kopf festhielt, während er wie gebannt auf die herannahende, ungewöhnliche Fracht stierte – war genau zu erkennen. Dann ging er ein paar Schritte zurück und im nächsten Moment schlug die rote Gestalt mit voller Wucht auf dem Schieß-bock auf. Während er sich langsam auf den roten Fleck zubewegte, wischte er sich übers Gesicht und streifte seine Hände über die Hosenbeine. Dann blieb er vor der schlaff am Holzbock hängenden Strumpfhose ste-hen. Wir waren schon auf ein Donnerwetter gefasst, als wir eine halbe Stunde später bei Vater unten ankamen. Aber das blieb aus, stattdessen sagte er schmunzelnd: „So viel Einfallsreichtum hätte ich euch nicht zugetraut. Damit habt ihr erstens Mama eine Menge Arbeit er-spart, denn diese Marmelade hier braucht sie nur mehr erhitzen und abfüllen. Zweitens werden sich die Kühe bestimmt über das saftgetränkte Bergheu freuen."

Kinderhandel

Das war das letzte Mal, dass ich mit auf den Madern war, und auch das vorletzte Mal für die anderen. Denn Hans, der älteste Bruder, hatte uns bald darauf verlassen und ist zum Arbeiten in die Schweiz gegangen. Irgendwann hatte sich Mama mit dem Schweizer Ehepaar angefreundet, bei denen Hans arbeitete, und die er bei einem seiner Besuche mitgebracht hatte.

Diese Leute waren total aus dem Häuschen, nachdem sie unsere große Kinderschar gesehen hatten. Ganz besonders hatte es ihnen die kleine frühgeborene Schwester angetan. Sie war damals so um die fünf Jahre, als sie für kurze Zeit mit ihnen in die Schweiz fahren durfte. Sicher hatte es ihr dort an nichts gefehlt, und sie wurde auch unversehrt und wohlgenährt wieder zurückgebracht. Trotzdem hätte ich sie beinahe nicht wiedererkannt, als sie zur Haustür hereingestürmt kam, schnell in die Stube lief und sich zwischen ihre Geschwister gedrückt hatte. Mit ihrem runden Gesichtchen, dem Prinzessinnenkleidchen, den schwarzen Lackschühchen und den roten Seidenschleifen im

Haar sah sie irgendwie fremd aus und passte nicht mehr so ganz zu den anderen dazu. Aber mehr noch als das Äußerliche, fiel mir ihr verändertes Benehmen auf. Sie war stiller geworden und hatte das Strahlen in ihren Augen und das quirlige Wesen verloren. Vielleicht hatte sie sich das Sprechen abgewöhnt, weil diese Frau ihren Redeschwall keine Minute unterbrechen konnte. Ich habe sie genau beobachtet. Immer wenn Mama den Mund aufmachte, weil sie etwas sagen wollte, musste sie ihn irgendwann wieder zumachen, weil die andere ihren Redefluss einfach nicht mehr anhalten konnte. Außerdem ist sie in diesen drei Tagen, wo sie bei uns war, dauernd hinter Mama hergelaufen und hat wie ein Bußprediger auf sie eingeredet.

Soviel, wie die in einer Stunde palavert hatte, brachte ich in einer ganzen Woche nicht zusammen. Ich fragte mich, wo sie nur so viel Gesprächsstoff hernahm und hielt mich unauffällig in ihrer Nähe auf, um herauszufinden, um welches Thema es sich handelte. Leider konnte ich nur wenige Wortfetzen von diesem Schwyzerdütsch verstehen. Bis zum letzten Abend. Ich lag schon eine Weile im Bett und konnte nicht einschlafen.

Das Geschnatter unten in der Stube schien kein Ende mehr zu nehmen. Leise rutschte ich aus meinem Bett und zu meinem Spion am Boden, schob sachte den Holzdeckel zur Seite und legte mein Ohr auf die viereckige Öffnung. „Himmel Sakra", ärgerte ich mich, als ich hörte, was diese Frau da unten alles zuwege brachte, von dem ich zwar nur wieder die Hälfte verstand, was aber vollkommen ausreichte, um zu kapieren, in welche Richtung der Faden lief. Diese gute Frau hatte mit meiner kleinen Schwester derart angegeben und sie bis in den Himmel gelobt, so als wäre sie ihr Wunderkind. „Mei ist das ä süssis Frätzli, üsere Kliene, und gschied ist sie, üsere Kliene und liab ist sie, üffach zü frassa, düs Meittli."

Mann, was hatte denn diese Schwester Besonderes, was wir anderen nicht auch hatten? Das wurde mir langsam zu dumm, und bevor die noch auf blöde Gedanken kam, und ‚üsere kliene Schwester' auffrisst, würde ich ihr morgen wohl besser eine Polenta mit viel Marmelade obendrauf zu essen geben. Hoffentlich würde das ihr Schnatterwerk zukleben.

Und tatsächlich hätte sie trotzdem ‚üsere Kliene' fast aufgefressen, bevor sie am nächsten Tag ihre Heimreise antraten. „Ä Küssli da, ä Küssli dort und hier noch ä Küssli, min Schätzli", plagte sie das verstörte Kind immerzu und erdrückte es fast an ihrer üppigen Brust. Ich konnte das nicht länger mitansehen, sprang zu ihr hin und riss ihr das Mädchen aus den Armen und führte es zurück ins Haus.

Jesus, Maria und Josef, die hatte vielleicht geheult und geplärrt, als sie zu Hans und ihrem Mann ins Auto gestiegen war. Aber mir war das egal, ich war einfach nur froh, dass sie endlich den Abflug machte. Ich habe ihnen auch nachgewunken, aber mein Gruß galt allein nur dem Hans und kein bisschen dieser Frau, die die ganze Zeit nur eines von uns Kindern betuttelte und den Rest nicht mal wahrgenommen hatte. *Hoffentlich sehe ich diese Leute nie mehr wieder,* habe ich mir gedacht.

Aber das blieb ein Wunschtraum. Denn einen knappen Monat später stand sie mit ihrem eingeschüchterten schmächtigen Männdli wieder vor unserer Tür. Sie blieben wieder zwei Tage und sie verhielten sich noch aufdringlicher als zuvor.

Da lag was ganz Gewaltiges im Busch. Das merkte ich daran, dass sie immer darauf achteten, dass Mama alleine war, wenn sie wie die Propheten auf sie einpredigten. Diesmal mischte auch noch ihr Männdli kräftig mit, sofern er überhaupt zu Wort kam. Sofort fuhren meine Antennen noch eine Spur weiter aus und ich ließ sie nicht mehr aus den Augen. So auch an einem Spätnachmittag, als sie in der Küche diskutierten, während ich neben der rechteckigen Luke, die zwischen der Küche und dem dahinterliegenden Hennenstall war, hockte und zuhörte.

„Nein, niemals!", sagte Mama. „Und wenn ich zwanzig Kinder hätte, würde ich keines davon hergeben!" Der Mann nuschelte etwas, was ich nicht verstand. Daraufhin wieder Mama: „Das mag schon sein, aber so weit wird es nicht kommen …, und wenn doch, dann verzichte ich als Erste auf das Essen, bevor ich eines meiner Kinder verhungern lasse!" Worauf die Frau mit weinerlicher Stimme fortfuhr, was ich auch nicht hören konnte, weil neben mir die Hühner scharrten und gackerten. „Gschi, gschi, haltet doch mal den Schnabel!", fauchte ich und jagte sie von mir weg.

Es raschelte, als faltete jemand Papier zusammen.

„Nein, und noch mal nein, steckt euer Geld wieder ein oder sonst irgendwo hin!", Mamas Stimme klang nun energisch und wütend. „Und wenn ihr mir das Hundertfache bieten würdet, um nichts auf der Welt verkaufe ich mein eigenes Fleisch und Blut!" Dieser letzte Satz hatte mich getroffen und bohrte sich wie ein Pfeil in mein Herz.

Immer noch in der Hockhaltung, schlich ich mich von der Luke zurück. Die Eier, die ich vorher eingesammelt hatte, knackten verdächtig in meiner Schürze, während ich wie eine Furie aus dem Hühnerstall stürmte, durchs Zaungitter hinaus, am Holzschuppen vorbei und fast samt der Haustür in die Küche hineingeflogen wäre, wo die drei am Tisch saßen und mich mit weitaufgerissen Augen anstarrten. Stramm wie ein Soldat stellte ich mich vor sie hin und stierte die beiden zornig an, bevor ich Dampf abließ und loslegte: „Ich habe alles gehört und das Meiste davon auch verstanden. Was ich aber nicht kapiere, ist, dass es so grausame Menschen gibt, die einer Mutter ihr Kind wegnehmen möchten. Das Kind, für das wir fast unsere Mama verloren hätten, weil sie bei ihrer Geburt beinahe verblutet und gestorben wäre. Und ihr wollt genau dieses

Kind haben, und unserer Mama damit das Herz aus ihrem Leibe reißen. Nein, niemals würden wir das zulassen, dass unserer Mama noch mehr Leid zugefügt wird!", zischte ich drohend und zerquetschte mit der geballten Faust ein Ei nach dem anderen in meiner Schürze. „Komm, Agnes, lass gut sein!", wollte Mama versöhnlich einwenden. „Nein, Mama!", schnitt ich ihr das Wort ab. „Nichts lass ich gut sein, was nicht gut ist. Das wird es erst, wenn die zwei dort hinaus verschwinden, wo der Zimmermann das Loch offengelassen hat!", maulte ich, und rührte dabei vor Zorn den matschigen Eierbrei.

„Ja, das wird wohl das Beste sein!", meinte Mama zerknirscht an die beiden gewandt und erhob sich von ihrem Stuhl.

„Ja, diesen guten Rat kann ich euch auch geben. Am besten ihr drückt euch davon, noch bevor unser Vater von euren hinterlistigen Absichten erfährt. Der macht euch so einen Wind, dass ihr schneller wieder in der Schweiz oben seid, als das ihr denken könnt. Und noch eines. Lasst euch nie wieder blicken bei uns, ansonsten habt ihr zu euren Problemen noch weitere und schmerzhaftere dazu. Das kann ich euch garantieren. Sucht euch von mir aus anderswo ein Kind. In der Zeitung kann man ja lesen, dass es genug Kinder in den Waisenhäusern gibt, die Eltern suchen."

„Aber nur solche Eltern, die es wert sind, ihnen viele Küssli zu geben!", hakte ich noch nach. Während sie vom

Tisch aufstanden, setzte ich mich schnell auf die Holzkiste, bevor ich vor ihnen noch zu Boden sackte, denn plötzlich wurde mir ganz komisch. Ich zitterte am ganzen Körper und fühlte mich total leer und ausgelaugt. Ich riss mich zusammen, zumindest bis sie sich von Mama verabschiedet hatten und geknickt zur Haustür hinauslatschten. Dann drehte sich Mama zu mir um und fragte: „Was ist denn heute in dich gefahren, Agnes? So kenne ich dich gar nicht!"

Ich zuckte nur die Schultern, denn ich kannte mich so auch nicht.

„Und wie siehst du überhaupt aus? Ist dir nicht gut? Du bist schneeweiß im Gesicht. Und was rinnt denn da Gelbes über deinen Rock?"

Langsam öffnete ich die Schürze und sah das Malheur. „Oh ..., es waren die Eier, die ich vorher eingesammelt hatte. Tut mir leid, Mama, das wollte ich nicht!", murmelte ich.

Mama hob meine Schürze etwas auseinander, sah hinein und meinte: „Oje, die sind alle dahin. War das alles von heute?"

„Nein, nur die Hälfte, die anderen zehn sind noch in den Nestern, ich kam nicht mehr dazu."

„Na, dann ist ja gut, wegen ein paar Eier weniger fällt der Himmel auch nicht herunter!", meinte sie und sah aus dem Fenster.

„Sind die etwa noch draußen?", fragte ich und schoss angriffsbereit von der Holzkiste hoch.

„Die? Nein, die sind weg, vermutlich sogar sehr gerne. Weiß selber nicht, warum ich mich von diesen Leuten so lange von der Arbeit habe abhalten lassen, ich hätte sie gleich hinausbugsieren müssen, sobald sie mit dem Gejammer angefangen haben. Es ist nur so, dass der Hans bei ihnen … Ach was, der findet woanders auch eine Arbeit. Am besten wir vergessen das alles. So wie du denen die Leviten gelesen hast, trauen die sich bestimmt nicht wieder hierher und darüber bin ich direkt froh und erleichtert. Das hast du schon richtig gemacht, Agnes!"

„Na, das würde ich wohl meinen, Mama, schließlich sind wir hier nicht auf dem Kuhmarkt und wir lassen uns auch nicht für dumm verkaufen!"

Bei uns daheim war auch nicht immer nur heile Familie, wir haben uns gestritten, gezankt und geprügelt, wie in anderen Familien auch. Aber wenn es wirklich drauf ankam, dann hielten wir zusammen wie Pech und Schwefel. Ganz besonders unsere Eltern. Ich kann mich in meiner ganzen Kinderzeit nur an ein einziges Mal erinnern, dass die zwei sich ernsthaft gestritten haben.

Das Kartenspiel

Der Auslöser des Streites war Vaters Leidenschaft für das Kartenspiel. Wenn irgendwo im Tal ein Preis-Watten, das ist ein Kartenspiel, stattfand, war er gerne dabei. Das Problem war nur, dass er ein zu passionierter Spieler war, so dass er oft die Zeit und die Welt um sich herum vergaß, eine ganze Nacht durchspielte und erst am nächsten Morgen nach Hause kam. Er war ein guter Spieler, hat oftmals den Hauptgewinn abgesahnt und ist mit einer Ziege oder einem Schaf nach Hause gekommen. Einmal hatte er sogar ein elektrisches Bügeleisen gewonnen, mit dem er Mama für sein Fernbleiben entschädigen konnte. Sie hat sich auch riesig darüber gefreut, denn von nun an musste sie sich nicht mehr über die schwarzen Flecken in der Weißwäsche ärgern und konnte das Kohlebügeleisen endgültig auf den Dachboden verbannen.

Doch Vater ist nicht immer so glimpflich davongekommen. Als er einmal an einem Samstagmorgen gegangen und erst am Montagmorgen wiedergekommen ist, da war die Hölle los. Soweit ich es durch meine

Spion-Luke mitbekommen hatte, war das der Auslöser für den großen Streit gewesen.

„Was denkst du dir überhaupt dabei? Du gehst einfach, lässt alle Fünfe gerade sein und lässt mich hier mit der ganzen Arbeit und den Kindern allein!"

„Schau Mama, das wollte ich nicht, aber das war das große Preis-Watten, das dauert eben zwei Tage lang. Und ich hatte so gute Karten, dass ich jedes Spiel gewonnen habe, deshalb musste ich immer wieder erneut gegen einen anderen Sieger antreten, bis ich sie schließlich alle unter den Tisch gespielt habe und Wattkönig geworden bin!"

„Ich werde dir den Wattkönig schon austreiben, ein Haus voller Kinder, die Hände voll Arbeit, und du gehst seelenruhig tage- und nächtelang im Gasthaus spielen! Aber wenn ich einmal etwas Notwendiges im Haus bräuchte oder etwas für mich haben möchte, dann klemmst du wie eine Beißzange mit deinem Geld."

„Schau Mama, das verstehst du nicht ..."

„Nein, das verstehst anscheinend du nicht! Oder es ist dir egal, dass ich jede Nacht vor Kummer und Sorgen um dich kein Auge zu machen kann."

„Komm, Mama, lass es gut sein!"

„Nein, das lass ich nicht gut sein, wenn du so weitermachst, dann kannst du von mir aus hingehen, wo der Pfeffer wächst!"

Da ist Vater zwar nicht hingegangen, trotzdem hat der Streit zu einer Trennung von Tisch und Bett geführt.

Denn Vater ist zu den Kühen in den Stall umgezogen, er ging überhaupt nicht mehr ins Haus, nicht mal zum Essen. Er ernährte sich nur von dem, was er bei der Hand hatte, und das waren rohe Eier und kuhwarme Milch. Am zweiten Tag schlich ich mich nach dem Abendessen in die Speisekammer, stibitzte ein großes Stück Brot und eine dicke Scheibe Käse und lief, anstatt auf mein Zimmer, bei der Haustür hinaus und zu Vater in den Stall. Das Rasseln der Anbindeketten und das Grunzen der Schweine übertönte das Knarren der Stalltür, so dass ich mich unbemerkt hineinschleichen konnte. Im Halbdunkel tastete ich mich hinter dem Schweinestall vorbei, an der rechten Stallwand entlang bis ganz hinten zur Einstreukammer, wo Vater im Stroh eingebettet auf dem Boden lag und schlief. Leise ging ich neben ihm in die Hocke, schob ihm den Hut aus dem Gesicht und betrachtete ihn. Unter den geschlossenen Augenlidern zuckte es, sein Gesicht war angespannt und sah traurig aus. Vorsichtig legte ich mich zu ihm und schob meine Hand unter die seine, die flach auf seinem Bauch lag. Er drückte sie, griff mit der anderen Hand nach einer Lage Stroh und deckte mich damit zu. Vater musste wohl ordentlich Hunger gehabt haben, denn am nächsten Morgen war vom Käse und dem halben Brotlaib nichts mehr übrig.

Es war am vierten Tag früh am Morgen, Mama jätete im Gemüsegarten und ich war nebenan in der Wiese mit den Kindern, als ich Vater im Sonntagsgewand und seinem braunen Rucksack aus dem Haus und vom Hof gehen sah. Ich war wie gelähmt, starrte ihm hinterher und ich war mir ganz sicher, dass er nie wieder zurückkommen würde. Den ganzen Vormittag konnte ich nichts mehr anderes denken und überlegte, wo ich Vater finden könnte. Ich konnte es fast nicht glauben, als ich ihn um die Mittagszeit auf das Haus zukommen sah. Unter seinem Arm trug er ein braunes großes Packet, mit dem er zu Mama in die Küche ging, und wir Kinder alle hinterher.

„Da schau, Mama, es ist für dich, das wolltest du doch schon so lange haben!", sagte Vater und sah sie reumütig an.

„Was ist dir jetzt wieder für ein Blödsinn eingefallen? Und was hast du in diesem Trumm da drinnen?"

„Ja pack es nur aus, Mama, dann weist du es. Und du siehst auch, was der einsame Aufenthalt im Stall mir gezeigt hat. Dass ich ein großer Steinesel bin und dir Unrecht angetan habe." Zögerlich öffnete Mama den Karton, und als sie das Radiogerät sah, huschte ein Strahlen über ihr Gesicht. „Vergelt's Gott, Vater!", hauchte sie kaum hörbar, strich fast liebevoll über das helle Holzgehäuse des Radios und sah ihn dabei verzückt an.

„Sind wir wieder gut miteinander, Mama? Ich verspreche dir auch, dass ich mit dem Kartenspielen aufhören werde.",

„Ach was!", winkte Mama ab. „Wir beide sind eigentlich zwei große Esel und streiten uns wie kleine Kinder wegen nichts und wieder nichts."

„Komm her zu mir, Mama." Vater streckte beide Hände nach ihr aus, zog sie in seine Arme und drückte sie liebevoll an sich, dabei rannen ein paar Tränen über seine Wangen. Wir Kinder standen glücklich um sie herum und freuten uns mit ihnen. Aber nicht minder freuten wir uns über das Radiogerät, somit mussten wir nicht mehr zum Nachbarn laufen, um Musik zu hören, sondern blieben daheim bei Mama. Sie hat uns Größeren später auch noch das Tanzen gelernt.

Das Allerschönste jedoch war, dass Mama und Vater wieder miteinander redeten und sich wieder gernhatten. Dass sie ihre Versöhnung ordentlich und ausgiebig gefeiert hatten, das hat sich dann neun Monate später herausgestellt.

Es war im Jänner 1965, wir Kinder hatten schon einige Rodelfahrten den Waldweg entlang hinter uns und waren wieder auf dem Rückweg, als uns ein Rodelfahrer mit voller Geschwindigkeit entgegenkam. Im letzten Moment gelang es uns, zur Seite zu springen, um den Weg frei zu machen, als sie wie ein Geschoß an uns vorbeirauschten. Diese zwei Verrückten waren unsere Eltern. Mama saß hinten drauf und hielt sich mit beiden Armen krampfhaft an Vater fest. „Füttert die Viecher!", rief Vater uns zu und schon waren sie im Dickicht des Waldes verschwunden.

Wie belämmert sahen wir uns gegenseitig an, keiner wusste wohin sie fuhren und was mit unseren Eltern los war. Vater kam erst spät abends nach Hause und berichtete uns, dass er Mama auf schnellstem Wege ins Krankenhaus bringen musste, weil ihr die Fruchtblase geplatzt war. Zum Glück traf er im nächsten Dorf einen Nachbarn, der ein Auto besaß, und der gleich bereit war, sie in das Stadtkrankenhaus zu fahren, wo zehn Minuten später unser nächster Bruder auf die Welt kam. Die wilde Fahrt auf der holprigen Rodelbahn hatte sicher dazu beigetragen, dass der Kleine so schnell wie möglich da raus wollte, sagte Vater verschmitzt. Und dass es Mama und dem kräftigen Bürschchen sehr gut ginge und wir uns um die beiden keine Sorgen machen müssten. Ich war erleichtert und freute mich auch für Vater, dass wieder mal alles gut ausgegangen war, und deshalb auch der endlos lange Bittrosenkranz für Mutter und Kind ausfallen würde. Was ohnehin nicht mehr möglich gewesen wäre, weil der Großteil meiner Geschwister schon längst eingeschlafen war.

Zum Schlafen war ich zu aufgeregt und blieb bei Vater in der Küche, wo er sich noch etwas zum Essen machen musste, weil wir ihm nichts mehr übriggelassen hatten.

„Hol mal fünf oder sechs Eier aus der Speisekammer!", befahl er mir, während er die große flache Pfanne auf den Herd stellte. „So viele?", fragte ich erstaunt und erhob mich.

„Ja freilich, die haben wir beide uns heute verdient", meinte er gutgelaunt, nahm zwei Teller aus dem Schrank und stellte sie auf den Tisch.

„Wieso wir beide?", fragte ich zurück, während mir schon beim Geruch der gebräunten Butter das Wasser im Munde zusammenlief.

„Ja schließlich kriegt man nicht immer zwei Spiegeleier zum Geburtstag, und einen neuen Bruder noch dazu!", erwiderte er gutgelaunt, nahm mir die Eier aus der Hand und schlug sie in die Pfanne. Verblüfft starrte ich auf dem Abreißkalender an der Wand und dort stand tatsächlich der einundzwanzigste Jänner, mein Geburtstag, den wir alle, bis auf meinem Vater, vergessen hatten.

Aber dass ausgerechnet er, der sich überhaupt keine Geburtsdaten merken konnte, den meinen nicht vergessen hatte, das machte mich besonders glücklich. Ja, das war eben mein Vater, und dieser vierzehnte Geburtstag war der Schönste bisher, und es war auch der letzte, den ich gemeinsam mit ihm zuhause feierte, und an den ich noch oft wehmütig zurückgedacht habe.

Denn schon ein Jahr zuvor begann sich eine Wende in unserer Familie und auch in meinem Leben abzuzeichnen. Im Jahr 1964 ging Vater wieder auswärts arbeiten. Er hatte eine gutbezahlte Arbeitsstelle im Bergwerk am Schneeberg gefunden. Damit verlor ich meine wichtigste Stütze und den Menschen, der mir vertraut und mich ohne Worte verstanden hatte. Im Winter kam er oftmals mehrere Wochen lang nicht nach Hause, weil die Wege zugeschneit waren und es wegen den Lawinen zu gefährlich gewesen wäre. Fortan musste Mama den Hof mit uns Kindern alleine bewirtschaften. Zudem zogen auch die beiden älteren Brüder nach und nach von zuhause fort, weil sie arbeiten oder in die Lehre gehen mussten. Und so kam es, dass die jüngsten Geschwister die Ältesten nicht einmal kannten, und dass es nie mehr eine Zeit gegeben hat, in der die gesamte Familie zu Hause gewesen war.

Mama war damals zweiundvierzig Jahre alt, als sie im November 1967 im siebten Schwangerschaftsmonat wieder einen Blutsturz hatte, es war der dritte, und der dritte Kaiserschnitt, bei dem sie ihrem zwölften und letzten Kind, einem Mädchen, das Leben geschenkt hatte.

Knapp einen Monat später kam Hans zu Besuch aus der Schweiz. Es war spät abends, ich lag schon dösend im Bett und hörte, wie er und Mama sich in der Stube unten noch unterhielten. Dabei glaubte ich immer wieder meinen Namen zu hören. Meine Neugierde erwachte und ich begab mich wieder mal an meine Informationsquelle am Boden. Leise schob ich den Holzdeckel einen spaltbreit auf und lauschte.

„Und wer schaut dann auf die Kinder?", fragte Hans.

„Ach, dafür sind jetzt die anderen alt genug!"

„Ja, aber Mama, die sind doch noch zu wenig, um dich hier bei der ganzen Arbeit zu unterstützen, und jetzt noch mit dem kleinen Kind, das wird dir zu viel, Mama!"

„Ach Hans, mach dir keine Sorgen, das wird schon irgendwie gehen. Außerdem muss jeder Vogel einmal ausfliegen und es wird ihr gewiss nicht schaden, wenn sie sich die Hörner ein wenig abstößt, vielleicht wacht sie dann ein bisschen auf. Du weißt ja, wie sie ist. Sie kann stundenlang in einem Eck sitzen und vor sich hinträumen und fantasieren. Also von mir aus kannst du sie gerne mitnehmen, Hans!"

Gerne mitnehmen? Das waren harte Worte und trafen mich mitten ins Herz. Die hatten einfach über mich entschieden und verhandelt, als ginge es um einen Besen auf dem Krämermarkt.

Sachte schob ich die Luke wieder zu und kroch tief gekränkt zurück ins Bett. Aber ich konnte nicht einschlafen und war einfach nur enttäuscht, über Mama und auch über mich selbst. Ich grübelte und überlegte bis weit in die Nacht hinein und kam schließlich zu dem Entschluss, dass ich mit Hans mitfahren würde, nur um der Mama mal richtig klar zu machen, was sie an mir gehabt hatte. Was konnte ich schon verlieren? Vater war sowieso nicht mehr da, und den Anerkennungsstatus, den ich bei ihm hatte, würde ich bei Mama ohnehin nie erreichen. Am übernächsten Morgen war es soweit. Bevor ich aus dem Haus ging, nahm ich die Kleine noch einmal aus der Wiege, drückte sie an mich und sog den Babyduft tief in mich ein. Dabei konnte ich die Tränen nicht mehr zurückhalten. Schnell legte ich sie wieder zurück in das Bettchen, schnappte mir den Koffer und lief schluchzend aus dem Haus.

„Du musst nicht mitkommen, wenn du nicht willst!", meinte Hans, als ich mit tränennassem Gesicht zu ihm ins Auto stieg.

„Ich komme aber gerne mit!", log ich.

In der Schweiz

Wenn ich geahnt hätte, was mich in der Schweiz oben erwartet, wäre ich garantiert noch unterwegs geflüchtet und zu Fuß zurück nach Hause gelaufen.

In dieser Schihütte wo auch Hans arbeitete, wurde ich als Mädchen für alles eingestellt. Ich wurde hin- und hergereicht wie Falschgeld. War ich gerade eben noch in der Küche, fand ich mich im nächsten Moment bei der Getränkeausgabe am Tresen. Aber egal wo ich war, die ersten zwei Wochen verstand ich überhaupt nur Bahnhof. Die hatten so einen starken Dialekt, dass ich raten musste, was sie von mir wollten. Sie zeigten, deuteten und schusselten hektisch umher, aber ich stand genau so hilflos da, wie unser Ochse daheim, wenn er die Orientierung verloren hatte. Nachdem es mit der Sprache etwas besser ging, war ich für sie auch keine große Bereicherung, denn ich erkrankte an Mumps und lag drei Wochen mit hohem Fieber und starken Schmerzen im Bett. Doch auch sie waren da für mich keine große Hilfe. Es war Hochsaison, jeder war mit seiner Arbeit beschäftigt, so dass sich niemand die Zeit nahm, einmal am Tag nach mir zu sehen, geschweige denn etwas zum Trinken oder eine warme Suppe zu bringen. Hans arbeitete von der Früh bis spät abends auf der Piste und am Schilift.

Wenn er dann endlich mit dem sehnsüchtig erwarteten Stutzen Schiwasser – ein Mix aus Zitrone und Himbeersaft, in mein Zimmer kam, war mein Hals oftmals so angeschwollen und ausgetrocknet, dass ich nicht mal einen Tropfen davon hinunterschlucken konnte. In dieser Zeit hätte ich alles dafür gegeben, wenn nur ein einziges Mal die Tür aufgegangen und Mama hereingekommen wäre. Meine Rachegefühle ihr gegenüber verflogen schnell und hatten sich bald schon in Reue- und Schuldgefühle umgewandelt. Obwohl nach drei Wochen die Schwellungen am Hals abgeklungen und das Fieber weg war, fühlte ich mich noch elender als zuvor. Ich war so schwach, dass ich kaum alleine stehen konnte, und wenn ich mehr als einen halben Teller Suppe aß, erbrach ich sie gleich wieder.

Dazu kam noch diese schmerzhafte Sehnsucht nach Zuhause. Meine Gedanken waren immerzu nur bei meinen Eltern und Geschwistern, am meisten aber fehlte mir das kleinste Schwesterchen. Immer, wenn ich an sie dachte, musste ich weinen, dabei war mir, als drückte jemand mein Herz zusammen, so dass ich richtig Angst bekam, etwas am Herzen zu haben. Dann sprach ich mit Hans darüber, äußerte meine Vermutung herzkrank zu sein und bat ihn, er möge mich doch nach Hause fahren, damit ich dort zu unserem Doktor gehen könnte. Aber Hans fand das nicht notwendig, er stellte seine eigene Diagnose und meinte: „Das sieht doch jede blinde Kuh, an welcher Krankheit du leidest. Aber glaub mir, an Heimweh ist noch kein Mensch gestorben und bilde dir ja nicht ein, dass ich hier alles stehen- und liegenlasse, um das gnädige Fräulein nach Hause zu kutschieren. Davon kannst du schön weiterträumen, aber vergiss dabei nicht, dich ein wenig zusammenzunehmen, bevor du hier hinausfliegst und ich gleich hinterher!"

Da ich seinen Job nicht aufs Spiel setzten wollte und auch mein Jammern nichts brachte, gab ich auf und zog mich zurück. Irgendwann entdeckte ich etwas abseits von der Schihütte eine Holzbank am Waldrand. Von dort aus hatte man eine weite Aussicht auf die darunterliegenden Täler und Dörfer. Jeden Tag wartete ich auf eine freie Minute, wo ich zu der Bank unter der großen Fichte laufen konnte. Ich saß einfach nur da, atmete den harzigen Waldduft ein und dachte an mein Zuhause. Und jedes Mal weinte ich mir fast die Seele aus dem Leib. Ich wünschte mir, abzuheben zu können, und wie ein Adler über alle Berge bis nach Hause zu fliegen. Dann kam endlich dieser Tag der Heimreise. Mit dem Schibob fuhren wir hinunter ins Dorf, wo Hans sein Auto abgestellt hatte. Dort wartete noch ein Landsmann, der mitfahren wollte. Kaum saß dieser auf dem Beifahrersitz, fing er an zu palavern, so dass Hans Mühe hatte, selbst mal zu Wort zu kommen. Das Gerede allein hätte mich nicht weiter gestört, aber sein Mundgeruch war fast nicht auszuhalten. Ich rutschte zum linken Seitenfenster und kurbelte es einen Spalt hinunter um etwas frische Luft zu bekommen. Doch da war es schon zu spät. Mein Magen rebellierte bereits und kalter Schweiß kroch mir über dem Rücken. Aufrecht und starr saß ich auf der Rückbank, sah nach vorne auf die Straße und bemühte mich, die drängelnden Rülpser zu unterdrücken, bis es nicht mehr ging. „Hans, halt an", wollte ich ihm sagen und beugte mich zu ihm vor, in dem Moment ergoss sich mein Mageninhalt mit einem Schwall über seine Schulter.

Wie ein Hammer haute er den Fuß auf das Bremspedal, so dass es mich beinahe nach vorne geworfen hätte. Das war der Anstoß für den nächsten Schwall, der ihm vorne über die Brust lief. Hans maulte und fluchte, während er den Wagen an den Straßenrand lenkte. Er stieg aus und zerrte mich wie einen Mehlsack ins Freie, wo ich ihm aus den Händen glitt und kraftlos zu Boden sackte. Der aus dem Mund stinkende hielt mir einen Becher Pfefferminztee unter die Nase, von dessen Geruch sich mein Magen erneut umdrehte und ich kotzte, bis ich total ausgeleert war. Mein Hals brannte wie Feuer und in meinem Kopf hämmerte es, als würde er gleich zerbersten. Wie glühende Funken tanzten die Sterne vor meinen Augen, schwirrten hektisch im schummrigen Licht und versanken im grauen Nebel.

Dann muss ich wohl eingeschlafen sein.

Als ich wieder zu mir kam, sah ich die vergilbte Teller-
lampe an der Zimmerdecke, die kleingeblümten Vorhänge auf linken Seite und die dicken langen Holzbalken an der rechten Zimmerwand. Neben der Tür der
kleine Hocker und darauf der Lederkoffer.

„Ich bin daheim ... endlich wieder zuhause!" Mit einem Satz sprang ich aus dem Bett, zog mich an und flog
mehr als ich ging die steile Holztreppe hinab und hinein
in die Stube. Ich konnte es fast nicht glauben, aber ich
war wirklich in meinem Zuhause und stand vor der
Wiege. Ich nahm die Kleine heraus und drückte sie an
mich, wie eine Mutter, die ihr verlorenes Kind wiedergefunden hat. Mit einem Krach flog die Stubentür auf
und flugs hingen die kleinen Geschwister wie ein Bie-
nenschwarm an mir.

„Wenn man es nicht besser wüsste, so müsste man
sich tatsächlich fragen, wer hier wohl die Mutter von
dieser verrückten Bande ist!", sagte Mama sichtlich er-
freut. Anscheinend stand sie schon eine Weile an der
Tür und hatte uns beobachtet, dann meinte sie: „Ihr
müsst Agnes nicht festhalten, sie läuft euch nicht weg,
und jetzt leg das Kind in die Wiege und komm in die
Küche zum Frühstück. Du siehst ja aus, als hättest du
drei Wochen nichts zwischen die Zähne bekommen!"

„Ich komme gleich, Mama!", erwiderte ich und legte
die Kleine zurück ins Bettchen. Doch kaum hatte ich sie
losgelassen, fing sie an zu weinen, ich nahm sie wieder
heraus, wechselte ihr die nasse Windel und beruhigte

sie, währenddessen ich das Gespräch zwischen Mama und Hans in der Küche mitverfolgte.

„Jetzt sag mal, Hans, was ist nur mit dem Mädel passiert? Die sieht ja elend aus!"

„Halb so schlimm, Mama. Das war nur die Reiseübelkeit."

„Das allein kann es nicht sein, Hans, sie ist so abgemagert, dass sie kaum mehr zusammenhängt. Komm sag schon, was los ist?"

„Sie hat nur ein bisschen den Mumps bekommen und nachher hat sie so wenig gegessen, dass ein Spatz daran verhungert wäre!"

„Aber Hans, warum hast du uns nichts davon gesagt?"

„Wozu? Sie hat sich ja wieder erholt. Gestern hatte sie jedenfalls den Magen voll und den hat sie mir ohne jegliche Vorwarnung über die Schultern geleert! Zum Glück ist sie daraufhin in den Tiefschlaf gefallen, sonst wären wir heute noch unterwegs!"

„Armes Mädel!", seufzte Mama besorgt.

„Och, so arg kann es nicht gewesen sein, wenn man fünf Stunden Fahrt und ein paar saftige Ohrfeigen nicht mal mehr mitbekommt."

„Waaas? Ohrfeigen ... wieso denn das?"

„Mama, wir sind gestern ohne Frühstück losgefahren. Um die Mittagszeit hielt ich bei einem Restaurant an, weil wir etwas essen wollten. Ich habe sie gerüttelt und geschüttelt, doch sie war einfach nicht wachzukriegen, da habe ich ihr eine verpasst. Und sie ..., sie hat keinen

Zuck gemacht und hat weitergepennt. Ich konnte sie in dem Zustand doch nicht alleine im Auto zurücklassen, so blieb uns nichts anderes übrig, als mit knurrendem Magen weiterzufahren!"

„Aber Hans, das ist doch nicht normal, sie wird doch nicht ohnmächtig gewesen sein?"

„Mama, ich habe keine Ahnung, was mit der los war ..., jedenfalls habe ich so etwas noch nie erlebt, dass ein Mensch derart weggetreten ist, um meine Ohrfeigen nicht zu spüren!"

Meine Erinnerung kehrte langsam wieder zurück, ich wickelte ein Deckchen um das inzwischen eingeschlafene Kind und nahm es mit in die Küche, um Hans bei seiner Ahnungslosigkeit ein wenig auf die Sprünge zu helfen.

„Sobald der Karl zu uns ins Auto gestiegen ist und seine Klappe die ganze Zeit nicht mehr zugemacht hat, ist mir schlecht geworden. Und ich glaube, kein Mensch, der nicht total geruchsblind ist, fällt bei so einem Mundstinker wie dem Karl nicht in Ohnmacht!", warf ich Hans vor.

„Ja, ja, der Karl, der redet eben viel und gerne, aber warum hast du mir nicht rechtzeitig gesagt, dass dir übel wird?"

„Häääh? Was hätte das gebracht oder geändert?"

„Eine ganze Menge ... Zumindest wäre mein Gewand sauber und mein Hals trocken geblieben, und ich hätte den Karl beim nächsten Bahnhof abgesetzt und ihm

171

vorher noch gesagt, er soll sich einen Arsch besorgen, damit er nicht aus dem Mund stinken muss!", erwiderte Hans mit gespielt ernsthafter Miene und konnte sich das Lachen kaum mehr verkneifen.

Dann nahm er mir das Kind ab, schob mich hinter den Tisch und drückte mich auf die Bank.

Mama schenkte uns Kaffee ein und setzte sich zu mir.

Ich war einfach nur glücklich, vergessen waren das schreckliche Heimweh, die vielen Tränen. Für mich zählte nur dieser Augenblick, die unbändige Freude, wieder daheim zu sein, Mama neben mir zu spüren, das Kinderlachen zu hören und bei meiner Familie zu sein.

Die ersten Schritte auf meinem Weg

Diese Harmonie hielt jedoch nicht lange an.

Denn einen Monat später hatte Mama von einer freien Stelle als Kindermädchen erfahren. Meine Begeisterung hielt sich vorerst in Grenzen, bis Mama sagte, dass ich dafür nicht mehr ins Ausland müsste, sondern nur in die nächste Stadt.

„Jetzt hast du ja schon probiert, wie es anderorts ist und dir ein wenig die Hörner abgestoßen. Darum wird es diesmal schon besser gehen, und wenn nicht, so bist du ja nicht aus der Welt und kannst jederzeit nach Hause kommen!"

Diesen Argumenten hatte ich auch nichts entgegenzusetzen. Nur der Satz mit den Hörnern leuchtete mir nicht recht ein und ging mir ziemlich auf die Nerven. Doch was diese neue Stelle betraf, da hätte ich mir wohl besser noch ein paar Hörner zusätzlich aufgesetzt, um all diesen Widerständen, die sich mir entgegenstellten, gewappnet zu sein. Denn der Neustart in die Eigenständigkeit war nicht gerade vom Glück gesegnet, wie sich bald darauf herausstellen sollte.

Mit gemischten Gefühlen packte ich also wieder mein Köfferchen, verabschiedete mich – diesmal jedoch etwas ausführlicher und trottete zur Bushaltestelle. Dort setzte ich mich auf die Wartebank und sah wehmütig über die Blumenwiesen und Felder. *Ach was, ich kann zu jeder Zeit wieder zurückkommen,* tröstete ich mich, gerade als der Bus anhielt. Schnell stieg ich ein, taumelte durch die Sitzreihen und ließ mich in einen freien Sitz fallen.

Eine Stunde später stand ich zum ersten Mal alleine mitten in der Stadt und hatte keine Ahnung, in welche Richtung ich nun gehen sollte. Hastig kramte ich die Adresse hervor und las die Straßenschilder. Da liefen so viele Menschen umher, und jeder schien es furchtbar eilig zu haben, so dass ich mich nicht traute, jemanden anzuhalten, um nach der Adresse zu fragen. Ein Mädchen in meinem Alter zeigte mir dann schließlich die Straße, in der ich das Reihenhaus mit der Nummer Acht fand. Kaum hatte ich den Finger auf den Klingelknopf am Eingangstor, kam schon eine Frau um die vierzig aus dem Haus und nahm mich herzlich in Empfang.

„Schön, dass Sie gekommen sind!", sagte sie und begleitete mich in die Wohnung, wo die beiden Kinder noch am Frühstückstisch saßen.

„Seht Kinder, das ist Agnes! Und das sind unsere beiden: Miriam und Tobias!", stellte Frau Dorner uns einander vor.

„Ich bin die Miriam und ich bin sechs!", sagte das Mädchen, rutschte vom Stuhl und reichte mir die Hand.

„Und ich bin der Tobi und ich mag dich nicht, du kannst gleich wieder gehen!", meldete sich der Vierjährige mit finsterer Miene und verschränkte trotzig die Arme vor seiner Brust. Frau Dorner ignorierte den Protest ihres Sohnes, zeigte mir mein Zimmer und die Aufgaben, die ich zu erledigen hatte, bevor sie zur Arbeit in das Geschäft ging.

Mit Miriams Hilfe fand ich mich bald im Haus zurecht und so verliefen die ersten Tage einigermaßen gut, bis auf Tobi, der immer noch in Abwehrstellung stand. Doch ich war zuversichtlich, dass er sich bald ändern würde, wenn er mich erst mal richtig kennengelernt hätte. Da hatte ich mich aber gründlich getäuscht. Denn am dritten Tag, als ich Tobi seinen Joghurt öffnete und mich zu ihm an den Tisch setzte, nahm er den Becher in die Hand und schleuderte mir den Inhalt mitten ins Gesicht. Bestürzt saß ich da, während mir der zähe Brei vom Gesicht triefte und in den Augen brannte. Miriam kam zur Hilfe und wischte mein Gesicht sauber, dabei schmierte sie mir das weiße Zeug bis in die Haare. Nun wusste ich, dass ich den kleinen Giftzwerg gründlich unterschätzt hatte. Aber dass er noch weiter gehen würde, um mich hinauszuekeln, das hätte ich ihm nicht zugetraut. Doch das bekam ich am darauffolgenden Tag umso heftiger zu spüren, als ich mit den beiden auf der Couch saß und ihnen eine Geschichte vorlas. Bevor ich begriff, wie mir geschah, holte er wieder aus und haute mir einem Federballschläger mit so einer Wucht auf die Nase, dass mir das Wasser in die Augen schoss und die Sterne davor tanzten. Das war der Zeitpunkt, an dem meine Kinderliebe zu bröckeln begann, doch ich nahm mich zusammen und hielt trotzdem durch, obwohl ich den kleinen Kotzbrocken am liebsten an die Wand geklatscht hätte.

Kaum waren ihre Eltern vom Geschäft zurück, berichtete Miriam ihnen sofort, was vorgefallen war. Frau Dorner entschuldigte sich kleinlaut für den kleinen Hosenscheißer, nachdem sie sich den rotblauen Höcker auf meiner Nase angesehen hatte. Ihr Mann tat es auch, jedoch etwas später, und auf seine eigene Art und Weise. Ich sollte ihn um fünfzehn Uhr aus seinem Mittagsschlaf wecken. „Herr Dorner, aufstehen!", sagte ich und klopfte an seine Zimmertür.

„Bring mir bitte die Hose und das Hemd, es hängt draußen im Flur über dem Stuhl!", rief er mir zu. Ich nahm die verwurstelte Kleidung und klopfte erneut an die Tür, bevor ich auf sein „Komm nur herein" eintrat und ihm sein Zeug am Fußende des Bettes legte.

„Leg es hierher!", sagte er und deutete neben sich auf die Bettkante, dabei sah er mich ganz eigenartig an, was mir Unbehagen und Angst machte. Zaghaft reichte ich ihm seine Hose, und ehe ich mich versah, umklammerte er mein Handgelenk und schon lag ich neben ihm im Bett. Mit seinem Oberkörper drückte er mich nieder, während seine Hand grob unter meinen Rock wühlte. Erstmal war ich wie gelähmt. Doch als ich realisierte, was da abging, reagierte ich blitzschnell, drehte mich ihm zu und rammte mein Knie mit ganzer Kraft zwischen seine Beine. Ein ohrenbetäubender Aufschrei bestätigte, dass ich genau ins Schwarze getroffen hatte. Er ließ von mir ab, rollte sich wie ein Igel zusammen und hielt sich mit beiden Händen die schmerzende Stelle in seinem Schritt.

Verschreckt und panisch lief ich hinaus und wäre beinahe über Tobi gestolpert, der wie ein Häufchen Elend auf dem Boden vor der Zimmertür gesessen und mich verzweifelt angesehen hatte.

„Komm Tobi, wir müssen weg hier!", flüsterte ich ihm zu und zerrte den Kleinen einfach hinter mir her, hinaus in den Garten, wo Miriam grübelnd auf ihrer Schaukel schwang. Ich setzte mich auf die Gartenbank, nahm Tobi auf meinem Schoß und legte meine Arme schützend um den Kleinen, der am ganzen Körper schlotterte. Er wehrte mich nicht mehr ab, sondern drückte sich noch mehr an mich. Kurze Zeit später kam Herr Dorner aus dem Haus, ziemlich breitspurig latschte er uns entgegen und zischte mir wütend von der Seite her zu: „Was eben da drinnen war, bleibt besser unter uns, meine Frau ist nämlich sehr eifersüchtig und du willst deinen Job hier doch sicher behalten!"

Langsam keimte in mir der Verdacht auf, dass in dieser Familie wohl einiges schieflief, wusste jedoch nicht gleich, wie ich mich dazu verhalten sollte. Die beiden Kinder taten mir unendlich leid. Ich überlegte, wie ich ihnen helfen könnte, obwohl ich am liebsten so schnell wie möglich von dieser Familie fortwollte. Vorsichtshalber packte ich noch am selben Abend meinen Koffer, wartete aber noch ab und beobachtete Herrn Dorner die nächsten Tage, vielleicht war ihm meine Notwehrattacke eine Lehre gewesen und er würde seine Finger von mir lassen. Das tat er, und wie. Er beachtete mich nicht mal mehr und ging mir sogar aus dem Weg. Aber ganz geheuer war mir die Situation noch nicht, darum ließ ich den Koffer noch gepackt. Es war eine Woche später, Frau Dorner ging nach dem Mittagessen mit den Kindern zu ihren Großeltern auf Besuch. Ich machte gerade die Küche sauber und stand an der Spüle, als er mich plötzlich von hinten packte und in sein Zimmer zerrte. Mit ganzer Kraft wehrte ich mich, biss ihm in den Arm, rammte ihn den Ellenbogen ins Auge und wand mich aus seiner Umklammerung. Blindlings taumelte er auf dem nächsten Stuhl, mit einer Hand hielt er sich das Auge zu und mit der anderen den blutenden Arm. Zwei Stufen auf einmal nehmend, lief ich in den ersten Stock, schnappte mir den Koffer, rauschte die Treppe wieder herunter und bei der Haustür hinaus. Im Laufschritt hastete ich zur Bushaltestelle und fuhr mit dem nächsten Bus nach Hause.

Mama stand vor dem Haus im Gemüsegarten, als ich mit meinem Köfferchen in der Hand auf sie zumarschierte.

Sie sah mich an, legte den Krautkopf wieder auf das Beet zurück und wischte sich den Schweiß von der Stirn. Sie sagte nichts, doch ich konnte die Enttäuschung in ihrem Gesicht ablesen. Ich stellte mein Köfferchen ab, nahm einen tiefen Atemzug, und erzählte ihr, was mir widerfahren war. Mama horchte mir aufmerksam zu und schüttelte immer wieder empört den Kopf.

„Unglaublich, was für Leute es auf dieser Welt gibt. Du hast genau das Richtige getan und bist gegangen. Aber sag mal, Agnes … Hat er dich etwa …? Ich meine, hat er dir etwas angetan?"

„Wie …? Etwas angetan? Ach so? Nein, nein, ich denke, das hat ihn mehr getroffen als mich. Das erste Mal habe ich ihn sowieso gleich am richtigen Ort getroffen, indem ich ihm mein Knie in sein Allerheiligstes gedonnert habe, und heute habe ich ihm auch nicht gerade sachte behandelt, das gibt bestimmt ein schönes Veilchen als Andenken an mich ab."

„Gott sei Dank! Das hast du gut gemacht und ganz recht geschieht ihm, so einer hat nichts anderes verdient!"

„Das stimmt, Mama. Was ich aber nicht verstehe, ist: Warum die zwei armen Kinder auch darunter leiden müssen? Die hätten sich bestimmt einen besseren Vater verdient!"

„Man kann sich eben nicht alles im Leben aussuchen!", erwiderte Mama und zuckte bedauernd die Schultern.

„Und jetzt komm ins Haus, du hast bestimmt noch kein Mittagessen gehabt!", sagte sie, ging voraus in die Küche, zog die Nudelpfanne von der Herdplatte und schöpfte mir einen Teller voll. „Komisch, das muss mir wohl vorausgegangen sein, dass ich heute die Nudeln noch warmgehalten habe, obwohl schon alle gegessen haben!", meinte Mama mehr zu sich selbst und reichte mir den Teller. „Und jetzt iss und lass es dir nicht verdrießen, du wirst sehen, wir finden eine bessere Arbeit für dich. In der Zeitung stehen haufenweise Stellenangebote. In der Zwischenzeit kann ich dich auch ganz gut gebrauchen. Wenn dir langweilig wird, kannst du dich gerne mit dem da unterhalten!", meinte sie lächelnd und deutete auf den großen Korb voller Bügelwäsche. Stillschweigend genoss ich erst mal mein zweites Mittagessen, dabei überlegte ich mir, wie ich die nächste Arbeitssuche selbst in die Hand nehmen könnte. Zumindest wollte ich die Leute vorher kennenlernen, um zu wissen, auf was und wen ich mich einlasse. Gewissenhaft durchsuchte ich die Angebote in der Wochenzeitung und wurde schneller fündig als gedacht. Diesmal war es ein großes Hotel in der Stadt, die dringend ein Lehrmädchen für den Speisesaal suchten.

Da es bei uns weit und breit kein Telefon gab, meldete ich mich schriftlich auf das Angebot. Nur wenige Tage später bekam ich Antwort und öffnete aufgeregt den Brief:

Liebes Fräulein Hofer,

es freut uns sehr, dass Sie in unserem Hause Ihre Lehre absolvieren möchten. Wir sind zurzeit voll ausgebucht, darum würden wir uns sehr freuen, wenn wir Sie schon am nächsten Ersten in unserem Team willkommen heißen dürften.

Bis dahin verbleiben wir mit freundlichen Grüßen –
Familie Moser

Ich war erstaunt, vor allem war ich so angenehm überrascht über das nette, freundliche Schreiben, dass ich den Brief nicht mal ganz zu Ende gelesen habe. Aufgeregt zeigte ich Mama den Brief und fragte sie um ihre Meinung dazu. Sie überflog hektisch die Zeilen und sah sich das beigelegte Bild vom Hotel von allen Seiten an und sagte:

„Ich würde zusagen. In so einem noblen Haus geht es bestimmt ordentlich zu, und wie hier steht, bekommst du auch ein schönes Gehalt!"

„Oje, der Erste ist ja schon in drei Tagen!" stellte ich nach einem Blick auf dem Küchenkalender fest.

„Was soll ich jetzt nur machen? Das geht mir alles zu schnell ... ich kenne die Leute noch nicht und laufe womöglich wieder in das nächste Dilemma!", überlegte ich laut und sah Mama verunsichert an.

„Am besten ist es, du probierst es einfach aus. Schlimmer als bei diesen Dorners kann es ja nicht mehr werden. Dort hast du dir ja auch zu helfen gewusst und alleine entschieden, was du zu tun hast! Wag es nur, Agnes! Zeig, was du kannst, was wir dich gelehrt haben, und dass du die Arbeit nicht scheust. Sei fleißig und mach das, was von dir verlangt wird!" Ihre Miene wurde ernster, als sie mit der Predigt fortfuhr. „Und eines sag ich dir noch, und das schreibst du dir hinter die Ohren. Lehrjahre sind keine Herrenjahre! Man kriegt im Leben nichts geschenkt, man muss sich alles selbst erarbeiten, wenn man es zu Etwas bringen will, aber das wirst du auch noch lernen. Das packst du schon, Agnes! Und sollte es trotzdem schieflaufen, dann komm einfach wieder heim. Du weißt ja, egal was ist, oder wie es kommt, die Haustür steht für unsere Kinder jederzeit offen!"

Gestärkt von Mamas Zuspruch und ihr Vertrauen, packte ich entschlossen und mutig wieder den Koffer. Mamas Worte überschlugen sich in meinem Kopf und mir fiel auf, dass sie sich mir gegenüber ziemlich zum Guten verändert hatte. Denn sie hatte ihren geläufigen Spruch vom Hörnerabstoßen diesmal nicht ein einziges Mal erwähnt. Außerdem schien es mir, als täte es ihr sogar leid, dass ich wieder gehe. Auf jeden Fall machte sie sich Sorgen um mich, das war nicht zu übersehen, und das gab mir ein gutes Gefühl. Als ich mich zwei Tage später von meinen Geschwistern und von ihr verabschiedete, nahm sie mich zur Seite und sagte mit leiser, belegter Stimme: „Vergiss nicht, Agnes, was ich dir gesagt habe, und pass gut auf dich auf. Eine Mutter macht sich immer Sorgen um ihre Kinder!"

Das ehrenwerte Haus

Die Morgensonne schob sich hinter dem Berggrat hervor und warf die ersten Strahlen über das Tal, als ich in den Bus stieg. Ich setzte mich an einen Sitzplatz an der Fensterseite und sah hinüber, wo Mama mit den Kindern auf dem Balkon stand und mir nachwinkte.

„Wer weiß, wie lange ich euch nicht mehr sehen werde!", seufzte ich und versuchte, den dicken Kloß im Hals hinunterzuschlucken. Während der Fahrt in die Stadt dachte ich nicht einmal darüber nach, was mich dort wohl erwarten würde. Vielmehr war ich damit beschäftigt, über Mama und ihr verändertes Verhalten mir gegenüber nachzudenken. In einer so großen Familie war man immerzu darauf bedacht, die Aufmerksamkeit und Achtung für sich einzufordern und den eigenen Rang in der Gemeinschaft wieder neu zu sichern. Und das gelang mir nun auch bei Mama immer besser. Langsam näherte ich mich bei ihr demselben Anerkennungsstatus, den ich bei Vater seit jeher schon hatte. Seit er kaum noch zuhause war, bemerkte ich jetzt erst, dass ich mich immer nur auf sein Verständnis und seine Stütze verlassen hatte, obwohl Mama auch immer und jederzeit für alle da gewesen war, wenn sie gebraucht wurde.

Straßenlärm und Menschenstimmen rissen mich aus meinen Gedanken. Benommen stellte ich fest, dass der Bus schon angehalten hatte und der Fahrer mich ungeduldig ansah. Ich schnappte mir den Koffer, torkelte ins Freie und befand mich genau wieder dort, wo ich vor zwei Wochen schon mal ausgestiegen war. Hastig kramte ich die Adresse hervor und las die Straßenschilder, aber eine Veilchenstraße konnte ich nirgendwo entdecken. Die Leute liefen immer noch eilig die Straßen auf und ab. Nur eine ältere Dame saß gemütlich in einem Bushäuschen und beobachtete das hektische Treiben der Gesellschaft. Entschlossen ging ich auf sie zu und fragte:

„Entschuldigen Sie bitte, könnten Sie mir vielleicht sagen, wo ich das Hotel Krone in der Veilchenstraße finde?"

„Oh, zu Frau Moser müssen Sie? Die kenne ich!", antwortete sie süffisant. „Also da gehen Sie hier diese Straße entlang bis zur ersten Kreuzung, dann biegen Sie rechts ab und schon sind Sie beim Hotel Krone!"

„Vielen Dank!", erwiderte ich und spurtete los.

Kurze Zeit später stand ich vor dem mächtigen Haus und bewunderte es von allen Seiten. Langsamen ging ich die Eingangshalle und sah mich erstaunt um. Da sah ich sie zum ersten Mal. Sie saß an der Rezeption und telefonierte. Ihre knallroten Lippen passten zum üppigen Rosendruck auf ihrem schwarzen Seidenkleid. Auch ihre langen Fingernägel hatten dieselbe Farbe. Die schwarzen Haare waren zu einem Turban hochgesteckt und jedes einzelne davon an der richtigen Stelle mit reichlich Haarlack fixiert. Sie legte den Hörer auf. Dann traf mich ihr Blick. Genauer gesagt, er stach mich fast nieder.

„Bist du Agnes Hofer?", fragte sie mit schriller Stimme.

„Ja, Frau Moser!", erwiderte ich schüchtern.

„Und? Was stehst du da rum?", schrie sie mich an.

„Ich wollte ... ich weiß nicht ...!", stotterte ich erschrocken.

„Das dachte ich mir, wieder so eine, die nichts weiß!"

Dann wandte sie sich zur Seitentür neben sich und rief: „Hermann, komm raus!"

„Hierher!", hakte sie nach. Ein etwas älterer hagerer Mann trat zögerlich hervor.

„Das ist die Neue, zeig ihr das Zimmer!", befahl sie barsch. Er nickte stumm und warf mir einen hilflosen Blick zu.

„Und du ziehst dich um, in zwanzig Minuten beginnt dein Dienst!" Eingeschüchtert trottete ich hinter dem Mann her, drei Stockwerke hinauf, dann einen schmalen langen Flur entlang, bis er an dessen Ende vor einer kleinen Tür stehen blieb. Er öffnete sie, deutete hinein, drehte sich wortlos um und ging zurück. Das war also

185

mein Zimmer. Es war finster und so klein, dass gerade mal ein kleiner Schrank, ein Bett und ein Stuhl hineinpassten. Eilig zog ich mich um, streifte mit beiden Händen über die etwas zerknitterte Arbeitskleidung und verließ das modrig riechende Zimmer. Ich lief den Korridor entlang, aber ich fand die breite Marmortreppe nicht mehr, die vorher noch da war. Panik erfasste mich, verzweifelt rannte ich suchend umher, bis ein Zimmermädchen mir die Schiebetür zeigte, die mit derselben Tapete verkleidet war wie der restliche Flur. Danach stürmte ich wie eine Flüchtende die drei Stockwerke hinunter, und hätte beinahe Frau Moser umgerannt, die unten nervös umhertrippelte.

„Wo bleibst du so lange?", zischte sie und musterte mich von oben bis unten.

„Das geht so nicht! Geh sofort in die Wäscherei und bügle deine Klamotten!", fauchte sie.

„Wo ist denn bitte die Wäscher…?"

Sie packte mich fest am Arm und zog mich zu einer Treppe, die in die unteren Stockwerke führte.

„Da hinunter und die gelbe Tür rechts, beeil dich!", herrschte sie mich an.

Eine nette Waschfrau half mir, meine Kleider zu bügeln, so dass ich bald fertig war und die Stufen wieder hochhechtete. Da sah ich sie oben stehen. Sie wirkte bedrohlich, wie ein zorniger Hahn, der mit offenen Flügeln und aufgerissenem roten Schnabel auf seinem Zweikampf wartete.

186

Nur Mut, Agnes, die frisst dich nicht, dachte ich mir.

Oben angekommen, zerrte sie mich hinter sich her, an der Rezeption vorbei und in den Nebenraum hinein, wo sie vorher ihren Mann Hermann versteckt hatte. Dort drückte sie mich auf einen Stuhl. Mit beiden Händen packte sie meine langen blonden Haare und band sie so straff zu einem Pferdeschwanz zusammen, dass mir jede einzelne Haarwurzel schmerzte.

„So, und jetzt gehen wir an die Arbeit!", befahl sie und stapfte voraus. Ich hinterher. Bis ich mich in einem großen Seitenspiegel gesehen hatte. Ich war geschockt und hätte mich fast nicht wiedererkannt. Meine Augen glichen einem Chinesen, sogar die Mundwinkel waren in Richtung der Ohren gezogen, die mir so abstehend vorkamen, wie zwei nicht zu mir gehörende Körperteile. Abrupt blieb Frau Moser stehen und wandte sich zu mir um. Mir stockte der Atem. Was jetzt?

„In unserem ehrenwerten Haus will ich keine schlurfenden Schritte hören. Bei uns geht man tak-tak-tak-tak! Also weiter jetzt, aber zack-zack!"

Energisch und mit ihrem breiten Hintern wackelnd, stakte sie voraus in den Speisesaal und übergab mich dem Oberkellner. Er zeigte mir, wie man die Tische deckt, die Gläser hinstellt und das Besteck legt. Als die Gäste an ihren Tischen Platz genommen hatten, drückte er mir ein großes Tablett mit Suppenschälchen in die Arme, die ich den Gästen servieren sollte. Er hatte mir aber nicht gesagt, dass man die Suppe nicht zu, sondern nur gegen den Gast in die Teller leeren darf. An dem Tag gab es Knödelsuppe. Ich leerte die Suppe in den Teller, der Knödel rutschte nach und plumpste in die Suppe, die in allen Richtungen spritzte. Mit Schrecken sah ich in zwei entsetzte Augen, danach etwas tiefer auf die ehemals weiße Seidenbluse einer Dame. Schnittlauchröllchen klebten jetzt auf dem durchsichtig gewordenen Oberteil und sickerten zusammen mit der triefenden Suppe aus ihren Haaren ins Tal ihrer üppigen Oberweite.

„Entschuldigen Sie bitte!", stammelte ich und nahm die Serviette von ihrem Schoß, um die Dame trocken zu wischen.

Sie riss sie mir aus der Hand, schoss von ihrem Stuhl hoch und verließ empört und wutschnaubend den Speisesaal. Frau Moser, die beim Eingang des Saales gelauert und alles im Visier hatte, warf mir giftige Blicke zu, bevor sie hinter der nassen Dame herstakte. Aber sie kam bald wieder und rief mich zu sich in das Office. Ich konnte mich kaum auf den Füßen halten, so sehr schlotterten meine Knie bei ihrem Anblick.

„Was bist du nur für ein Tollpatsch?", kreischte sie. „Du bist ja noch dümmer als die zwei letzten Gören! Ab sofort hat sie Speisesaalverbot. Sie soll hier den weiteren Menüvorgang herrichten, Teller warmhalten und die Getränke kaltstellen!", befahl sie dem Oberkellner.

Obwohl ich von all dem keine Ahnung hatte, verlief alles Weitere ohne Probleme, zumindest bis zum Dinner am Abend.

Frau Moser verfolgte jeden meiner Handgriffe mit ihren Adleraugen. Unentwegt rieb sie sich die Hände, trat nervös von einem Fuß auf den anderen und stand mir andauernd im Weg. So auch in dem Moment, als ich gerade dabei war, das mit Schokomousse beladene Tablett aus dem Küchenaufzug zu heben. Das Office war so eng, dass ich zwei Schritte rückwärtsgehen musste, um das Plateau auf die Anrichte zustellen. Die Frau stand so dicht hinter mir, dass ich über sie stolperte. Verzweifelt balancierte ich das leckere Dessert noch eine Weile hin und her, bis ich schließlich das Gleichgewicht verlor. Es klirrte und platschte fürchterlich. Frau Moser hatte es am schlimmsten erwischt. Überall an ihr klebte das Schokomousse. Ihr Gesicht war nicht mehr wiederzuerkennen. Ein brauner Klumpen rutschte schwerfällig über ihre Stirn und klatschte auf die roten Lackschuhe. Ein weiterer schmolz in ihrem Dekolleté. Ihr Turban neigte sich etwas zur Seite, während sie sich das Zeug aus den Augen wischte und in drohender Haltung auf mich zukam. Indessen schickte ich schon mal ein Stoßgebet an meinen Schutzengel, er möge doch bitte seine helfende Hand für die nächsten Minuten noch über mich halten. Er hatte mich erhört. Denn Frau Moser hat mich nicht gefeuert, sondern nur in die Hausbar verbannt.

Dort spülte, polierte und trocknete ich die wertvollen Kristallgläser. Endlich fertig, trug ich das letzte Tablett in das Office, als ich einen schmerzhaften Stoß im

Rücken verspürte. Die wieder aufgetauchte und gereinigte Frau Moser hatte die Schwingtür hinter mir mit einer solchen Wucht aufgestoßen, dass mir das Plateau aus den Händen fiel und die teuren Gläser auf dem Boden zerschellten.

Ich war am Ende. Auch sie war fertig mit mir.

„So, jetzt kannst du gehen!", schnaubte sie hasserfüllt.

Geknickt und ausgelaugt ging ich gegen Mitternacht auf das Zimmer und ließ mich auf das harte schmuddelige Bett fallen. Mein leerer Magen rebellierte noch eine Weile, bis ich schließlich vor Erschöpfung eingeschlafen war. Ein Alptraum reihte sich an den nächsten. Ich träumte von großen schwarzen Vögeln mit roten Schnäbeln und scharfen Krallen, die mich bedrohten. Und ich träumte von würzigem Braten, Speckknödeln und von Mamas Brotlaibe im Backrohr.

Ohne mich noch einmal nach diesem ehrenwerten Haus umzudrehen, ging ich am nächsten Morgen mit einem schwachen Tak-tak-tak die Straße entlang. Da saß wieder dieselbe Frau im Bushäuschen und lächelte mir aufmunternd zu.

Ich zählte dreißig Lire aus der Geldtasche und kaufte mir beim Bäcker zwei Semmeln, eine für das gestern versäumte Mittagessen und eine für das vorenthaltene Abendessen. Danach stieg ich in den Bus. Um sicher zu sein, nicht vom Busfahrer beim Essen erwischt zu werden, setzte ich mich ganz hinten auf die lange, durchgehende Sitzbank. Denn erst mal hatte ich genug von derartigen Moralpredigten, und musste mir nicht noch zusätzliche suchen. Und schon gar nicht auf nüchternen Magen. Dann löste ich die straffgebundenen Haare, biss genussvoll in das frische knusprige Brot und freute mich auf eine warme Mahlzeit und auf Mama. Während ich die Brotbrösel aus meiner Rockmulde dippte, versuchte ich, mir ihren Gesichtsausdruck vorzustellen, wenn ich heute schon wieder zuhause auftauchen würde. Ich schämte mich, obwohl ich nicht wusste wofür. Und die bange Erkenntnis, dass der Weg zum Erwachsenwerden wohl mühsamer und tückischer war, als ich mir vorgestellt hatte, wurde immer deutlicher und vermischte sich mit der traurigen Gewissheit, dass sich meine schönste Zeit wohl schon dem Ende zugeneigt hatte. Resignation und Angst breitete sich aus. Zuversicht und Vertrauen zu den Menschen, zur Welt, und zu mir selbst, bröckelten wie morsches Gestein von mir ab.

Der Bus rollte in die Haltestelle ein. Verunsichert spähte ich hinüber zum Haus, konnte jedoch niemanden sehen. Vielleicht war Mama schon in der Küche beim Mittagessen kochen. Zögerlich ging ich den Gartenweg entlang. Die Haustür stand offen. An der Schwelle blieb ich kurz stehen, dort konnte ich schon den Duft von gebratenen Zwiebeln und Speck riechen, der aus Küche kam. Und gleich hinterher Mama.

„Um Himmels willen, Agnes! Was machst du denn hier!", sagte sie, presste erschrocken ihre Hände an die

Wangen und starrte mich an, als stünde ein Geist vor ihr. Erst als die zwei kleinen Schwesterchen mit freudigen Agnes-Agnes-Rufen angerannt kamen und ihre Arme um meine Beine klammerten, fand Mama zu ihrer Stimme zurück.

„Was ist denn passiert, Agnes? Und wie siehst du überhaupt aus? Blass wie ein Käse und Ringe unter den Augen. Hast du kein Frühstück bekommen?"

„Doch, Mama, gestern in der Früh bei dir und heute zwei Semmeln beim Bäcker.

„Heilige Maria und Josef!", schnaubte sie empört. „Was ist denn nur mit dieser Welt da draußen los? Komm herein, Agnes, du musst erst mal was essen und nachher erzählst du mir, was dir diesmal wieder geschehen ist!"

Sie ging voraus in die Küche, stellte das Knödelwasser auf die Herdplatte und schob zwei Holzscheite nach. Kurze Zeit später saß sie bei mir am Tisch. Während ich die drei Knödel verschlang, erzählte ich den Tränen nahe, was mir bei Frau Moser widerfahren war. Wortlos und wütend schüttelte Mama immer wieder den Kopf, und als ich geendet hatte, strich sie mir tröstend über den Arm und sagte:

„Ich verstehe dich, Agnes. Aber das Leben ist nun mal kein Zuckerschlecken, es ist ein ewiges Auf und Ab. Doch du wirst schon sehen, auch für dich wird sich das Blatt noch wenden, und es geht wieder aufwärts, du musst nur fest daran glauben und nicht zu schnell aufgeben!"

Aha, so einfach war das?, dachte ich mir und warf ihr einen zweifelnden Blick zu. Dann kam ihr nächstes Zitat, das sie immer hernahm, wenn bei jemandem ein neuer Lebensabschnitt anstand.

„Jetzt beginnt der Ernst des Lebens, da muss jeder durch, ob er will oder nicht!", meinte sie seufzend, stand auf und ging wieder an den Herd.

Nachdenklich sah ich ihr nach, und ein Hoffnungsschimmer keimte in mir auf. Da konnte es bei mir tatsächlich nur noch besser werden, denn ich hatte ja schon einen kleinen Vorschuss von diesem „Ernst des Lebens" hinter mir. Blieb nur noch die Frage, wie lange ich brauchen würde, den Glauben und das Vertrauen aus dem dunklen Keller zu holen.

Erste und letzte Anhalter-Fahrt

Doch die Wende stand schon die darauffolgende Woche vor der Tür. Tante Anna kam zu Besuch. Sie war Mamas Schwester, und arbeitete als Köchin in einem renommierten Hotel in der Stadt. Als Mama ihr von meinem Fiasko mit Frau Moser samt allen Details berichtete, kugelten sich die beiden vor Lachen, was ich überhaupt nicht lustig fand. Mir war die ganze Situation ohnehin schon peinlich genug. Doch als Tante Anna mein verdrossenes Gesicht bemerkte, gestand sie mir unter weiterem Gekicher, dass sie sich diese, ihr gut bekannte Dame mit dem Schokomousse im Gesicht und auf ihrem Turban gerade sehr gut vorstellen könnte. Es hätte dieser Dame sicher nicht geschadet, dass ihr mal jemand eine matschige Lektion erteilt hat.

„Diese Frau Moser ist in der ganzen Stadt und Umgebung als böser Feldwebel bekannt, sie wechselt das Personal öfter als ihre Unterhosen", sagte Tante Anna zu Mama, bevor sie sich wieder an mich wandte.

„Gut, dass du dem Drachen richtig Saures gegeben und dann das Weite gesucht hast. Pass mal auf, Agnes.

Vielleicht habe ich da was für dich. Bei uns wird nämlich gerade eine Küchenhilfe gesucht. Wenn du willst,
könntest du erstmal in der Küche anfangen und später
die Servierlehre dranhängen. Ich bin fast sicher, dass
Herr Maier dich einstellt, und dass es dir bei uns auch
gefallen würde." Zuerst war ich hin und her gerissen,
ging doch die letzte Zeit alles viel schneller als ich denken konnte. Doch mit Tante Anna als Rückendeckung
wagte ich den Schritt und stand drei Tage später vor
Herrn Maier im Büro.

Und tatsächlich kam alles so, wie Tante Anna mir
versichert hatte. Alle waren nett und freundlich und
ich fühlte mich gleich rundum wohl und zufrieden. Ich
arbeitete einige Monate in der Küche, bis eine Lehr-
stelle als Bedienung im Speisesaal frei wurde. Der Mo-
natslohn wurde pünktlich ausbezahlt, es gab geregelte
Arbeitszeiten und einen freien Tag in der Woche. Den
nutzte ich meistens um nach Hause zu fahren. Ich
freute mich immer wieder daheim zu sein, mit den jüngeren Geschwistern zu spielen und mich mit Mama zu
unterhalten. Dabei verging die Zeit jedes Mal wie im
Fluge.

So war es auch an jenem Tag, als ich gegen achtzehn
Uhr erschrocken feststellte, dass ich mich beeilen
musste, um den letzten Bus noch zu erreichen. Damals
fuhr er nur morgens und mittags bis ans Ende des Ta-
les. Wollte man am Abend noch mit dem Bus auswärts

fahren, so musste man bis ins übernächste Dorf laufen, und das war ein Fußmarsch von eineinhalb Stunden.

Schnell verabschiedete ich mich und spurtete im Laufschritt den Waldweg hinunter. Um Zeit einzuholen, nahm ich jede Abkürzung, die ich kannte, lief über Wiesen und sprang über Weidezäune, um die Gitter nicht öffnen und wieder schließen zu müssen. Außer Atem und kurz vor meinem Ziel sah ich den Bus dann um die Ecke davonfahren.

Und jetzt? Das war der letzte Bus. Was mach ich nun?, ärgerte ich mich und lief hektisch die Straße entlang und wieder zurück. Ungeduldig trat ich von einem Bein auf das andere und streckte bei jedem herannahenden Motorengeräusch meinen Daumen hoch. Die meisten Autos aber fuhren um diese Uhrzeit in die entgegengesetzte Richtung. Ich wollte schon resigniert aufgeben, als ein großer Lastwagen mit einem ohrenbetäubenden Quietschen neben mir anhielt.

„Na, Bus verpasst?", rief der Fahrer mir zu, während er das Seitenfenster hinunterkurbelte. „Komm steig ein, ich nehme dich mit!"

„Ich weiß nicht!", stotterte ich unentschlossen.

„Brauchst keine Angst haben, ich fresse dich nicht!", sagte er lachend und klopfte auffordernd mit der Hand auf den Beifahrersitz.

Ich muss am nächsten Tag um acht Uhr bei der Arbeit sein, mir bleibt also keine andere Wahl als jetzt mitzufahren, überlegte ich, und so zog ich mich mit einem kräftigen Ruck hinauf in die Kabine. Aber kaum saß ich im Wagen, bereute ich schon, eingestiegen zu sein. Während er den Gang einlegte und losfuhr, starrte er mich ganz eigenartig an, was mir Angst machte. Ich rutschte etwas weiter von ihm ab und zog meinen Rock noch straffer über die Knie, auf die sein gieriger Blick gerichtet war. Aus dem Augenwinkel konnte ich erkennen, dass er in seiner Knollnase bohrte, danach strich er sich über die Halbglatze.

Ich ekelte mich und rückte noch weiter nach rechts zur Beifahrertür.

„Kannst dich ruhig etwas näher zu mir setzen!", sagte er daraufhin und streckte den Arm nach mir aus.

Dann krachte es fürchterlich, nur mit Mühe konnte er das Gefährt in letzter Sekunde von den Leitplanken reißen.

Aus meiner Angst wurde jetzt Panik und mein Magen rebellierte.

Halt durch, bald sind wir da, beruhigte ich mich selbst, als ich schon die Lichter der Stadt erkennen konnte.

„Könnten Sie mich bitte da vorne aussteigen lassen!", bat ich ihn und deutete in Stadtrichtung.

„Kann ich machen!", erwiderte er, bog dann aber in die letzte Seitenstraße vor der Stadt links ab und lenkte den Laster in eine Obstwiese hinein.

„Was soll das? Wo fahren Sie hin?", fragte ich und versuchte, mir die Angst nicht anmerken zu lassen, obwohl mein Herz so laut hämmerte, dass er es sicher hörte.

Er hielt an, stieg aus und öffnete die Beifahrertür.

„Steig aus!", befahl er.

Ich war so starr vor Angst, dass ich mehr heraus-rutschte als stieg. Dann drückte er mich mit seinem ganzen Körpergewicht an die großen wuchtigen Auto-reifen.

Sein Atem ging stoßweise und roch widerlich.

„Küss mich!", stöhnte er und griff mit seiner groben Pranke unter meinen Rock, mit der anderen versuchte er, die Autotür zuzudrücken, damit das Innenlicht aus-ging.

Wehr dich jetzt! Hau zu! Schnell, Agnes!, schrie eine Stimme in mir und schon rammte ich mein Knie mit voller Kraft in seine allerwertesten Weichteile. Wäh-rend er mit einem schmerzhaften Aufschrei zu Boden sackte, holte ich noch mal aus und schmetterte ihm meine schwere Handtasche ins Gesicht. Dann lief ich so schnell ich nur konnte davon. Ich rannte, bis ich sein Kreischen und Jammern nicht mehr hörte. Ich wusste nicht, in welche Richtung ich lief, aber ich wusste eines ganz sicher, dass das ganz bestimmt meine erste und letzte Fahrt als Anhalterin gewesen war. Bald erreichte ich die Hauptstraße, ich lief immer noch weiter, bis ich außer Atem und mit schlotternden Gliedern endlich hinter meiner verschlossenen Zimmertür stand.

Dieses eklige Gesicht tauchte immer wieder in mei-nen Träumen auf und verfolgte mich noch einige Mo-nate. Aber ich fürchtete mich nicht mehr davor und es löste auch keine Alpträume mehr aus. Dieses Erlebnis hatte mich zu einer Erkenntnis gebracht, die mir anfangs noch etwas fremd und unklar war, aber sich immer deutlicher zu einem ganz neuen Bild entwickelte. Und plötzlich wurde mir bewusst, dass ich längst erwachsener und stärker war, als ich mir selbst zutraute. Denn bei allem, was mir widerfahren war, ist nie wirklich etwas Schlimmes passiert, weil ich jedes Mal selbst imstande war, mir zu helfen und jegliche Situation zu bewältigen. Bestimmt waren auch eine große Portion Glück und mein Schutzengel mit dabei. Mit dieser Einsicht wuchsen Vertrauen, Zuversicht und das Selbstwertgefühl, und das nutzte ich, um mein Leben neu zu ordnen. Ich versteckte mich und meine Eigenheiten nicht mehr, bemühte mich nicht mehr, anderen zu gefallen, sondern zeigte mich so wie ich war. Und damit standen mir meine drei größten Feinde – die Angst, die Unsicherheit und ich selbst mir nicht mehr im Wege.

Nur, warum ich so ewig lange gebraucht hatte, um zu dieser Einsicht zu kommen und erwachsen zu werden, das weiß ich bis heute nicht. Vielleicht lag es auch daran, dass ich über alles zu viel und zu lange nachgedacht und gegrübelt habe. Dass das nicht immer angebracht, sondern meist sogar hinderlich war, hatte ich mittlerweile auch gelernt. Mit dem neu erlangten Selbstbewusstsein legte ich diese Zweifel, die Bedenken und das ewige Hinterfragen ab.

Ich wollte einfach nur noch frei und unabhängig sein.

Die Fahrschule

Der erste Schritt in die Unabhängigkeit war die Fahrschule.

Genau an meinem achtzehnten Geburtstag begann ich mit dem Unterricht und war mächtig stolz auf mich, als ich knapp einen Monat später die theoretische Prüfung bestanden hatte. Noch bevor ich den praktischen Teil in Angriff nahm, ging ich zum Autohändler und ließ mir den kleinen Fiat 500 vorführen und holte mir Informationen über Preis und Ratenzahlungen ein. Ich malte mir schon aus, wie ich mit dem kleinen, roten Flitzer nach Hause fahre, Mama einlade und mit ihr eine gemütliche Spritzfahrt mache. Nichts und Niemand konnte mich mehr aufhalten, jede freie Minute lernte ich, bis ich das Fahrschulbüchlein fast auswendig kannte. Auch mit den Fahrstunden kam ich zügig voran, so dass ich drei Wochen später zur Prüfung antreten durfte.

Als ich aber in das ungeduldige, mürrische Gesicht des Prüfers sah, der hinten auf dem Rücksitz neben einem anderen Fahrschüler wartete, bekam mein Elan doch noch einen leichten Knacks. Augen zu und durch, dachte ich, öffnete die Autotür, grüßte freundlich nach hinten, und setzte mich ans Steuer. Intensiv konzentrierte ich mich auf die letzten Fahrstunden, ließ alle wichtigen Schritte im Geiste noch einmal Revue passieren und wartete auf dem Befehl meines Fahrlehrers zum Losfahren.

„Na, Fräulein Hofer!", grummelte der Prüfer. „Wenn Sie mit Ihrer Gedenkminute fertig sind, könnten wir eigentlich starten. Dort drüben warten noch weitere Schüler, die möchten auch heute noch zur Prüfung antreten!"

Ich drehte den Zündschüssel im Schloss, löste die Handbremse und schon sprang der Opel mit zwei ruckartigen Hüpfern nach vorne und blieb mit einem würgenden Stottern stehen, ohne dass ich das Bremspedal berührt hatte.

Der Fahrlehrer deutete mir an, erneut zu starten.

Ich konzentrierte mich auf die Reihenfolge.

Also, Handbremse – Zündung – Kupplung – Gang einlegen – Blinker – Rückspiegel – Gaspedal. Oh, Wunder, es ging gut!

„Geradeaus, nächste Kreuzung rechts, wieder gerade aus, nächste Kreuzung links abbiegen. So, das war es schon!", meinte der Prüfer. „Nach der Kreuzung Blinker und rechts anhalten!", murmelte er wieder und blies mir genervt seinen Atem ins Genick. Verwundert schielte ich zum Fahrlehrer, der zuckte nur leicht mit

202

der Schulter und warf mir einen bedauernden Blick zu, bevor er ausstieg und mir andeutete, dasselbe zu tun.

Der andere Schüler kroch hinten aus dem Wagen und setzte sich ans Steuer.

„Wir treffen uns in zwei Stunden in der Fahrschule!", flüsterte der Lehrer mir zu. Er stieg wieder ein, der Wagen rollte davon und ich stapfte zu Fuß hinterher. Als um die Mittagszeit die ganze Truppe in der Schule wieder versammelt war, teilte uns der Fahrlehrer die Ergebnisse mit.

„Schade, dass nur vier von euch durchgekommen sind, ihr sechs müsst die Prüfung leider wiederholen!", sagte er in meine Richtung gewandt.

„Aber, warum denn? Ich weiß überhaupt nicht, was habe ich falsch gemacht habe?", meldete ich mich verdattert zu Wort.

„Aber ich, Fräulein Hofer, zum einen hatten Sie schon mal großes Glück, dass der Herr Rossi ihren Fehlstart so gnädig toleriert hat, normalerweise wäre die Prüfung schon an dieser Stelle beendet gewesen!"

„Ja, aber nachher bin ich doch ganz ordentlich gefahren!"

„Stimmt! Aber nur bis zum Ende der Einbahnstraße. Dort hätten Sie sich auf der Linken und nicht auf der rechten Fahrspur einreihen müssen!"

„Och, ist das kompliziert!"

„Wäre es eigentlich nicht, wenn man die Straßenschilder lesen und meine stummen Hilfen beachten würde!", erwiderte der Fahrlehrer schmunzelnd und schnippte mit den Daumen nach rechts und links, so wie er es andauernd gemacht hatte, kurz bevor wir an der letzten Kreuzung angekommen waren.

Ich hatte das zwar bemerkt, wollte mich davon aber nicht ablenken lassen und hab sein Gezappel ignoriert und als nervösen Tick abgetan. Er gratulierte den vier Erfolgreichen, die stolz danebenstanden und sich freuten.

„Und ihr lasst mal den Kopf nicht hängen und tretet einfach das nächste Mal wieder an, vielleicht ist dann auch ein anderer Prüfer da, der nicht die Hälfte durchrasseln lässt, so wie es bei Herrn Rossi üblich ist."

Augenblicklich brach ein wütendes Gemurmel aus. Einer drängte sich aus der Gruppe hervor, fluchte und schimpfte fürchterlich. Aber ich blieb ganz ruhig und mir fielen Mamas Worte ein: Jedem ist sein Schicksal vorbestimmt und wer weiß, wofür das gut ist. Man kann nicht erwarten, dass es immer so kommt, wie man es gerne möchte. Aber man kann viel dazu beitragen, damit es das nächste Mal besser wird. Mit diesen Gedanken im Kopf trat ich drei Wochen später erneut zur Prüfung an. Der Start verlief diesmal besser und es war auch ein anderer, sehr netter Prüfer anwesend. Trotzdem war ich aufgeregt. Meine Beine schlotterten so sehr, dass ich Mühe hatte, mit den Füßen die Pedale zu finden. Mittlerweile wusste ich auch, wie schnell so eine Fahrt zu Ende sein konnte. Doch vorerst ging es gut. Gerade aus, links, rechts, wenden, wieder gerade aus und das Übliche, bis an die Kreuzung mit dem Vorfahrtsrecht. *Super, von allen Seiten frei!,* freute ich mich, bis ein Motorradfahrer von der linken Seite angeschossen kam.

„Pass auf! Bremsen!", hallte es wie ein Echo durchs Wageninnere. Wie einen Hammer haute ich den Fuß auf das Bremspedal, doch es reagierte nicht ... Es war mir nämlich zwischen die Zehen und die Sandalensohle gerutscht. Zum Glück hatte der Fahrlehrer dieselben Bedienungsfunktionen an seiner Seite, damit gelang es ihm, den Wagen inmitten der Kreuzung zum Stehen zu bringen.

Aber der Prüfer hatte die Hilfsaktion mitgekriegt und somit hatte ich mir den zweiten Anlauf zur Prüfung wieder selber vermasselt. Das Missgeschick lag nicht an meinen schlotternden Füßen, wie ich vermutet hatte, sondern an den offenen Sandalen, das behauptete der Fahrlehrer. Damit so ein dummer Fehler nicht noch einmal passierte, bereitete ich mich das nächste Mal besser vor.

Ich zog mir feste Schuhe an und besorgte mir die Beruhigungstabletten, die mein Bruder mir empfohlen hatte.

„Am besten, du nimmst gleich zwei Stück, dann bist du sicher, dass sie auch richtig wirken!", riet er mir, bevor ich mich an den dritten Versuch zur Prüfung machte.

Und tatsächlich hatte er recht. So gelassen und beruhigt wie an dem Tag, war ich schon lange nicht mehr gewesen. Nicht mal der Herr Rossi, der schwerfällig hinten im Wagen saß und mich mit seinen wässrigen Augen anstierte, konnte mich aus der Fassung bringen. Ich setzte mich ans Steuer, startete den Motor, sah in den Seitenspiegel und ließ den Wagen langsam aus der Parklücke rollen. In dem Moment sah ich jemand mit der Jacke winkend hinter dem Wagen herlaufen. Als ich den Fahrlehrer erkannte, hielt ich an und ließ ihn einsteigen. Vorsichtshalber schaute ich nochmals in den Rückspiegel, ob vielleicht noch einer mitfahren möchte.

Doch ich sah nur in das empörte Gesicht des Prüfers, dessen verzerrte Miene mir ja schon bekannt und auch scheißegal war, also fuhr ich los.

„Reeechts! Halten Sie sich bitte rechts!", dröhnte die barsche Stimme von hinten in mein Ohr ..., und beim anderen wieder hinaus. Der hat gut reden da hinten, dachte ich mir, während es mich immer wieder zur Mitte der Straße auf den weißen Streifen zog, an dem ich mich orientieren musste, um geradeaus zu kommen. Bald konnte ich den weißen Streifen nur mehr erahnen, denn vor meinen Augen wurde es immer verschwommener, so als zöge ein dichter Bodennebel über den Asphalt entlang, der mir die Sicht versperrte. Helle Blitze zuckten vor meinen Augen und das Rauschen in meinen Ohren glich immer mehr einem stürmenden Wildbach. In meinen Schläfen pochte und hämmerte es und in meinem Kopf dröhnte es, als braute sich darin ein Donnerwetter zusammen.

„Vooorfahrt geben!", schrie eine Stimme von irgendwo her.

Ich nahm den Fuß vom Gaspedal, wollte bremsen, doch mein rechtes Bein war schwer wie ein Bleiklotz.

„Vorsicht …! Der Mann auf dem Zebrastreifen, so bremsen Sie doch, verdammt noch mal!", schrie er so laut, dass ich befürchtete, mein Kopf würde gleich platzen.

Langsam klarte sich mein Blick ein wenig und ich stellte fest, dass der Wagen ohne mein Zutun angehalten hatte.

Ich warf dem Fahrlehrer einen dankbaren Blick zu, worauf er mir andeutete, wieder weiter zu fahren.

„Haaalt …! Rot, sind Sie farbenblind?", brüllte es gleich wieder von hinten her. Dann wandte er sich an den Fahrlehrer. „Was ist nur mit der los? Und was haben Sie sich überhaupt dabei gedacht? Solche Fahrschüler lässt man nicht mal ans Steuer, geschweige denn zu einer Prüfung antreten!", schnaubte er wütend.

„Und nun fahren Sie, grüner als grün wird die Ampel nicht mehr, und bitte da vorne rechts anhalten, aussteigen und Plätze wechseln!", befahl er.

Das war mal ein Wort, dachte ich erleichtert. Ich war derart müde, konnte die Augen kaum noch offenhalten und schaffte es gerade noch, den Wagen bis an die angewiesene Ausweichstelle zu lenken. Dort schälte ich mich hinter dem Steuer hervor, taumelte vorn um das Auto, stieg ein und ließ mich erschöpft auf den Hintersitz gleiten.

Während wir zurück zur Fahrschule fuhren, verstummte das Geschimpfe und ich versuchte so gut es ging meine Gedanken zu ordnen. Doch es wollte mir nicht ganz gelingen, die mir fehlenden Bruchstücke der letzten Stunde zusammenzuhängen. Vor allem aber verstand ich nicht, was mit mir passiert war, warum ich so erschöpft und total neben der Spur war. Dass ich überhaupt noch etwas mitbekam, hatte ich ganz bestimmt dem Prüfer zu verdanken, der mich mit seinem Geschrei immer wieder aus dem Schlummer gerissen hatte. Wieder vor der Fahrschule angekommen, zwängte er seinen massigen Körper aus dem Wagen, nahm mich zur Seite und herrschte mich an:

„So, und jetzt, Fräulein, verraten Sie mir gefälligst, was Sie genommen haben, bevor wir losgefahren sind!"

„Ja, was wohl? Diesen Opel Kadett hier natürlich!", erwiderte ich und wunderte mich über seine dumme Frage.

Kopfschüttelnd drehte er sich von mir ab und wandte sich dem Fahrlehrer zu, der gerade die Namen der nächsten Prüflinge aufrief.

„Zwanzig Minuten Pause, ich brauche jetzt einen Schnaps!", grummelte der Prüfer in die Gruppe hinein, bevor er die Straße überquerte und gegenüber in der Bar verschwand.

„Und ich brauch jetzt mein Bett!", murmelte ich, winkte dem Fahrlehrer einen Gruß zu und trottete müde davon.

„Warten Sie, Fräulein Hofer! Wir müssen die nächste Fahrstunde einplanen!", rief der Lehrer mir hinterher.

„Wüsste nicht, was das noch bringen sollte!", erwiderte ich gleichgültig und ging weiter.

Auf einmal hielt er mich am Arm zurück und zog mich außer Sichtweite der anderen Gruppe in den Hinterhof des Hotels. Mit beiden Händen umklammerte er meine Oberarme und sah mich wütend an. „Jetzt passen Sie mal gut auf, liebes Fräulein Hofer! Sie haben die theoretische Prüfung im Eiltempo geschafft und Sie sind bei jeder der letzten Fahrstunden fehlerlos gefahren und …"

„Und ich bin heute zum dritten Mal im hohen Bogen aus der Prüfung geflogen und das reicht!", gab ich patzig zurück.

„Und Sie werden verdammt noch mal ein viertes Mal antreten und Ihren Führerschein machen, denn Sie ja auch schon bezahlt haben!"

„Ja, ja, ist schon gut, ich werde darüber nachdenken, aber jetzt muss ich ganz dringend gehen. Vielen Dank, Herr Brunner!", sagte ich, wand mich aus seiner Umklammerung und ging einfach davon. Mir war schon bewusst, dass ich mich sehr unhöflich benahm, obwohl er mich trotz meiner Tollpatschigkeit immer zuvorkommend und nett behandelt hatte und es nur gut meinte.

Doch in diesem Moment gab ich meinem Befinden den Vorrang, ich konnte mich kaum noch auf den Beinen halten, sah nur noch mein Bett vor mir, in dem ich endlich die Augen zumachen und an nichts mehr denken wollte. Für alles andere kommt morgen auch noch ein Tag, würde Vater jetzt sagen.

Mein kleines rotes Auto

Mein neues Auto hatte ich bereits bestellt und die ersten Monatsraten schon bezahlt. Das wirre Durcheinander in meinem Kopf hatte sich über Nacht gelichtet, so dass ich am Morgen mein Ziel wieder ganz klar und deutlich vor mir sah. Noch am selben Tag meldete ich mich erneut zur Prüfung an und drei Wochen später hatte ich sie problemlos überstanden. Und weitere drei Wochen später hatte ich den hart verdienten Lappen endlich in der Tasche und durfte zeitgleich sogar mein neues Gefährt abholen. Damit war die letzte Hürde zu meiner Unabhängigkeit geschafft.

Vorbei waren die nach Diesel stinkenden Autobusfahrten, bei denen mir fast jedes Mal übel wurde, ebenso das lästige Warten und ärgerliche Versäumen. Auch die Angst, wieder mal in so eine leichtsinnige Situation zu geraten, gehörte der Vergangenheit an. Meinen Eltern habe ich kein Wort über den Vorfall mit dem Lastwagenfahrer erzählt, damit hätte ich ihnen nur unnötigen Kummer bereitet. Auch von der Fahrschule und dem Autokauf hatte ich ihnen nichts gesagt. Denn ich wollte sie mit dem neuen Auto überraschen und mich mit den Missgeschicken in der Fahrschule nicht blamieren. Ich freute mich so sehr über meinen Führerschein, dass ich ihn immer wieder aus der Handtasche nahm und anschaute.

Vater hatte auch mal einen Führerschein. Die Fahrschule hat er beim Militärdienst machen müssen, weil man ihn für die Lastwagentransporte eingeteilt hatte. Bestimmt hat Vater nicht so ewig lange gebraucht wie ich, bis er den Führerschein bekam. Aber er brauchte auch nicht gar so lange, bis er keinen mehr hatte. Denn so wie er es uns erzählt hatte, ist das gute Stück in einem seiner unglücklichen Momente in Rauch und Asche aufgegangen. Er hatte das wertvolle Papierstück einfach zum Zigaretten drehen benutzt und verpafft.

Es war Spätherbst. Gut gelaunt setzte ich mich an einem freien Tag in mein Auto und machte mich zur ersten Fahrt nach Zuhause auf. Ich schob die Musikkassette von Roy Black in den Rekorder, drehte die Lautstärke voll auf und sang mit ihm im Duett. Es lag schon ein Viertel der Strecke hinter mir, als der Rekorder unerwartet die Kassette herauswarf, noch bevor die erste Seite fertig abgespielt war.

Blöder Kasten, dachte ich, drehte die Kassette auf die B-Seite, schob sie wieder hinein und trällerte munter weiter. Plötzlich mischte sich eine sprechende Stimme in die Musik. Verwirrt drehte ich die Lautstärke zurück, als es: „Agnes, halt an. Fahr nicht weiter", ganz deutlich aus den Lautsprecherboxen hallte.

Mann, jetzt fängst du auch noch zu spinnen an, schalt ich mich, drehte die Lautstärke wieder auf, legte einen höheren Gang ein und gab Gas.

„Nein Agnes, bitte dreh um, fahr zurück!", hörte ich die Stimme wieder.

„Wie bitte soll ich hier mitten auf der Straße umdrehen?", fragte ich laut zurück.

„Dann halt doch endlich an, Agnes!" Erschrocken drückte ich das Bremspedal ganz durch, sah in den Rückspiegel auf den Hintersitz, wo ich diese Stimme vernahm. Und ..., auf einmal drehte sich alles um mich, Wiesen, Felder und Bäume kreisten wie ein verschwommenes Karussell an mir vorbei. Mit aller Kraft hielt ich mich am Lenkrad fest, während sich mein Wagen um die eigene Achse drehte, bis er schließlich zum Stehen kam. Am ganzen Körper schlotternd versuchte ich mich zu orientieren, wo ich mich befand, und was gerade geschehen war. Ein Blick nach vorne zeigte mir, dass ich am rechten Straßenrand talauswärts stand. Ich drehte mich zurück und schaute nach hinten, da sah ich einem großen Lastwagen, der quer die Straße entlang rutschend immer näher auf mich zukam. *Nichts wie raus hier,* sagte ich mir und rutschte über den Beifahrersitz zur Tür raus und kletterte flink auf die zwei Meter hohe Steinmauer. Den Atem anhaltend, starrte ich auf das riesige Ungeheuer, das gleich mein neues

213

Auto zermalmen und unter sich begraben würde. Mit beiden Händen hielt ich mir die Ohren zu, um das fürchterliche Scheppern nicht so laut hören zu müssen. Ein Wunder! Das Gefährt rutschte nach links, quer über die Straße, in eine leicht abfallende Böschung, kippte um und lag im Gebüsch. Wie gebannt starrte ich auf die wuchtigen Wagenräder, die sich leer in der Luft drehten, bis einer nach dem anderen nach und nach anhielt. Es bewegte sich nichts mehr, nur eine dicke Staubwolke stieg hinten vom Anhänger auf und das surrende Motorengeräusch war zu hören.

Der hatte seinen Schutzengel wohl nicht dabeigehabt, schoss es mir in den Kopf. Wie in Trance sprang ich von der Mauer, öffnete die Autotür, sah nach hinten und sagte laut: „Danke, mein Schutzengel!" Doch von ihm war keine Spur mehr. Nur noch Roy Blacks Stimme war leise zu hören. *Vielleicht hat er jetzt das Auto gewechselt?,* sinnierte ich und überquerte vorsichtig balancierend die spiegelglatte Fahrbahn, um nach dem Fahrer zu sehen. Als ich jedoch vor der Fahrerkabine stand, rutschte mir fast das Herz in die Hose. Obwohl er seitlich auf der Fahrertür lag, zur Hälfte mit Glasscherben bedeckt, und sein Gesicht blutverschmiert war, erkannte ich den Mann sofort wieder.

Es war derselbe Lastwagenfahrer, bei dem ich bei meiner ersten und letzten Anhalterfahrt eingestiegen war.

Der Mann sah mich hilfesuchend an und deutete nach vorne zu seinen Füßen, die ich aber nicht sehen konnte. Vermutlich war er mit den Beinen eingeklemmt. Ich war schockiert und unfähig zu reagieren, stand wie gelähmt da und starrte unentwegt auf den Mann, auf das viele Blut, das von der Stirn über sein Gesicht lief. *Was soll ich nur tun? Ich kann diesem Mann nicht helfen. Ich schaff das einfach nicht ... Aber ich muss Hilfe holen, sonst verblutet er!* Die ganze Zeit über fuhr nicht ein einziges Auto vorbei, das ich hätte anhalten können. „Ich hol gleich Hilfe!", rief ich ihm zu. Dann lief ich so schnell ich konnte zum nächstgelegenen Haus, es war zufällig ein Gasthaus und die hatten ein Telefon. Die Gastwirtin hatte den Umfall bereits bemerkt und gleich die Rettung angerufen, die auch einige Minuten später und fast gleichzeitig mit der Straßenpolizei eintrafen.

Ich bedankte mich bei der netten Frau für ihre Mithilfe und wollte mich gerade davonmachen, als mich einer der Polizisten zurückhielt, dem ich den Unfallhergang schildern sollte. Während er mit mir die Straße zurück bis zum Unfallort ging, erzählte ich ihm, was ich gesehen hatte.

Als er dort die Rutschspuren des Lasters auf dem eisglatten Asphalt, und mein Auto daneben am rechten Straßenrand gesehen hatte, machte er sich ein hektisches Kreuzzeichen ins Gesicht. Danach wollte er meine Autopapiere und den Führerschein sehen, zu diesem er mir noch anerkennend gratulierte, ehe er sich freundlich verabschiedete und mir eine gute Weiterfahrt wünschte. Bevor ich wieder in mein Auto stieg, sah ich es mir von allen Seiten an und konnte kaum glauben, dass es nicht einen einzigen Kratzer abbekommen hatte. Erst, während ich wendete, fiel mir auf, dass ich mich genau hinter jener großen Linkskurve befand, in der von Oktober bis in den März hinein kein einziger Sonnenstrahl schien und dessen Teilstrecke meist nass oder eisig war. Ich warf noch einen Blick zum Lastwagen und dem davor stehenden Rettungswagen, legte den Gang ein und fuhr langsam und vorsichtig weiter. Es lag noch eine dreiviertel Stunde Autofahrt vor mir. Ich ließ das Radio ausgeschaltet, denn Roy Black passte nicht mehr zu meinen wild durcheinander kreisenden Gedanken in meinem Kopf. Im übernächsten Dorf bog ich ganz spontan, ohne es geplant zu haben, links ab und fuhr die Gasse hinunter, in der Großmutter in einer kleinen Wohnung lebte. In Windeseile flog ich fast die schmalen Holztreppen hinauf in den ersten Stock und klopfte an ihre Wohnungstür.

„Komm nur herein, Agnes, die Tür ist offen!"

Erstaunt trat ich ein und ging zu ihr in die Küche, wo sie mit ihrem Strickzeug auf dem Diwan saß.

„Grüßt Euch, Großmutter. Wieso habt Ihr gewusst, dass ich vor der Tür stehe?"

„Weil ich auf dich gewartet habe, Agnes."

„Aber ... wieso? Warum wusstet Ihr, dass ich heute komme? Das wusste ich ja selbst nicht einmal!"

„Setz dich, Agnes, ich habe für dich noch eine Tasse Kaffee übrig!", sagte sie, legte das Strickzeug in den

Korb, holte die Kaffeekanne vom Herd und goss die Tasse voll, die schon auf dem Tisch bereitgestellt war.

Ich stand wie angewurzelt mitten in der Küche und wusste wirklich nicht mehr, was ich denken sollte und was da vor sich ging. Sie schob mich zum Tisch, zog sich einen Stuhl heran, setzte sich und sah mich über ihre dicken Brillengläser eine ganze Weile nur stumm an. Und ich starrte verwundert zurück und konnte meine Neugier kaum mehr im Zaume halten.

„Jetzt noch einmal, Großmutter, warum ...?"

„Weißt du Agnes, ich hatte letzte Nacht einen furchtbaren Traum. Deshalb war ich heute schon zwei Mal in der Kirche und habe zur Mutter Gottes gebetet, dass dieser Traum nicht wahr wird. Und glaub mir, Agnes, ich habe alle Heiligen angefleht und deinen Schutzengel gebeten, dass sie dir heute beistehen und dich beschützen sollen."

„Ach was, Großmutter, um diese Uhrzeit seid Ihr ja immer schon zweimal in der Kirche gewesen, auch ohne Traum. Und was habt Ihr eigentlich geträumt? Könnt Ihr Euch noch daran erinnern?"

„Und wie, Agnes!", meinte sie leise, legte ihre zitternden Hände auf meinen Arm und sagte: „Ich weiß auch nicht, Agnes, was das heute war. Aber als ich vor einer halben Stunde den Kirchweg wieder heruntergegangen bin, hatte ich schon das Gefühl, dass meine Gebete und Bitten erhört wurden. Seitdem hatte ich die ganze Zeit eine Stimme im Ohr, die mir sagte, dass dir nichts passiert ist, dass du heute noch wohlbehalten und gesund bei mir einkehren wirst."

Mir wäre beinahe die große Kaffeetasse aus den Händen gefallen, als ich das hörte.

„Das ist wirklich komisch …, aber Großmutter, ich möchte so gerne wissen, was Ihr geträumt habt!"

„Ach Agnes, das ist vielleicht alles blödsinnig, denn du hast doch überhaupt kein kleines rotes Auto, das hätte mir deine Mama doch gesagt, als sie neulich hier war."

„Wieso? Was ist mit dem roten Auto?", bohrte ich weiter.

„Agnes, ich habe geträumt, dass du mit einem kleinen, roten Auto gefahren bist. Du bist viel zu schnell gefahren. Das Auto kam ins Schleudern und drehte sich einige Male auf der Straße. Dann kam dieser große Lastwagen, er konnte nicht mehr rechtzeitig bremsen und hat dich unter sich erdrückt!"

Den letzten Satz sprach Großmutter so leise, dass ich ihn kaum verstand, dabei zitterten nicht nur wie üblich ihre Hände, sondern ihr ganzer Körper. Ich musste erst mal schlucken und wusste nicht mehr was ich sagen oder denken sollte. Großmutter erfand immer so komische Geschichten oder kannte jemanden, für den sie unbedingt beten und in die Kirche rennen musste. Auch uns Kinder forderte sie andauernd zum Beten auf. Doch wir nahmen sie nie so richtig ernst und machten uns unseren Spaß daraus. Aber der war mir nun gründlich vergangen.

„Agnes, du bleibst doch noch zum Essen!"

„Nein, Großmutter, ich wollte eigentlich bis zum Mittag zuhause sein!"

„Das geht nicht mehr Agnes, der Elferbus ist gerade eben abgefahren!", meinte sie und deutete auf die Küchenuhr.

„Der Elferbus? Ach so! Komm, Großmutter, ich muss dir etwas zeigen!" Ich nahm sie am Arm und führte sie zum offenen Küchenfenster.

„Siehst du, Großmutter? Dank deinen Gebeten und der Hilfe meines Schutzengels kann ich nun mit diesem roten Auto da unten weiterfahren!"

Großmutter beugte sich aus dem Fenster, sah auf das Auto hinab und wandte sich erschrocken mir wieder zu.

„Dann stimmt es also ... ich wusste es, Agnes", hauchte sie leise und sah erneut auf das Auto hinab.

„Ja, Großmutter, genau so, wie du es geträumt hast!"

„Genau so?", fragte sie erschrocken.

„Na ja, jedenfalls bis zu dem Punkt, wo es den Laster zur linken Straßenseite gezogen hatte, stimmt es wirklich."

„Und der Mann, der voller Blut im Laster lag? Hat er überlebt?"

„Der? Ja, der hat auch überlebt."

„Du hast ihm sicher geholfen. Ich wusste es, du bist schon ein gutes Mädchen, Agnes. Ich werde jetzt noch mehr für dich beten. Aber du musst mir auch versprechen, dass du langsamer fährst, und dass auch du jedes

Mal zum Schutzengel betest, bevor du in dieses gefährliche Ding da unten einsteigst!"

„Das hätte ich ab dem heutigen Erlebnis auch ohne
Euer Bitten getan, das könnt Ihr mir gerne glauben,
Großmutter. Aber jetzt muss ich weiter. Danke, Großmutter und das nächste Mal kehr ich wieder bei Euch
ein!"

„Mach das, Agnes, ich freu mich darauf! Und grüß mir
alle bei dir daheim", sagte sie, griff in das Weihwasser-
krügchen am Türrahmen, spritzte das Wasser in mein
Gesicht und machte das Kreuzzeichen auf meiner Stirn.

Als ich unten in mein Auto stieg und losfuhr, hatte
ich das Beten zum Schutzengel doch glatt vergessen.
Aber ich habe ganz fest an ihn gedacht und ich hörte
wieder ganz deutlich seine strengen Ermahnungen auf
der eisglatten Straße. Dann sah ich ihn wieder neben
mir kreisend über der Wasserschlucht schweben, und
ich vernahm seine beruhigenden Worte an meinem
Krankenbett an jenem verschneiten Wintertag wieder.
Und ich sah ihn in der kleinen Stube neben der Wiege
stehen und hörte erneut das Versprechen, welches er
mir damals vor achtzehn Jahren zugeflüstert hatte. Den
ganzen restlichen Heimweg lang sprach ich mit meinem Schutzengel. Ich dankte ihm, dass er in jeder Not
bei mir war und mich durch meine Kinder- und Jugendzeit begleitet hat. Ich bat ihn, dass er weiterhin seine
schützende Hand über mich, meine Geschwister, und
ganz besonders über meine Eltern halten möge, damit

wir sie noch lange im Kreise unserer Familie haben durften.

Meine Eltern staunten nicht schlecht, als ich mit meinem neuen Auto zuhause ankam. Sie freuten sich mit mir, darum bin ich fortan fast an jeden freien Tag mit meinem Fiat 500 nachhause gefahren. Ich fuhr mit Mama zum Einkaufen und sie strahlte vor Freude, als wir die schweren Taschen einfach ins Auto laden und vergnügt heimfahren konnten.

Vater war auch nicht abgeneigt, wenn ich ihn ein großes Stück auf seinem Arbeitsweg begleitete und er hatte vollstes Vertrauen in meine Fahrkünste. Nur einmal, da ist er mir mit beiden Händen ins Lenkrad geschossen und hat es nach rechts gerissen, als ich fast über den Straßenrand geraten war, weil ich einer Maus ausweichen wollte, die gerade die Fahrbahn überquerte.

Danach atmete Vater einmal tief durch, richtete sich ein wenig auf und meinte schmunzelnd:

„Ich weiß ja, dass du keiner Fliege was zuleide tun kannst, aber bei der nächsten Maus bleibst du doch lieber auf der Straße. Denn das gerade eben, wäre beinahe schief und ganz schön steil und weit hinunter gelaufen noch dazu."

Ähnlich gefährliche Situationen gab es noch einige in meinem Leben. Aber mein Schutzengel hat mich dabei nie vergessen, manchmal habe ich ihn ganz deutlich wieder in meiner Nähe gespürt.

Ich wusste, er war immer noch da, als für mich zwei Jahre später ein neuer Lebensabschnitt begann und ich meinen Mann kennenlernte. Der Engel ging mit mir, als ich mein Elternhaus verließ, dort wo ich meine schöne Kinder- und Jugendzeit verbracht habe.

Es begann eine andere Zeit. Die schönste war, als unsere zwei Kinder geboren wurden und ich meine eigene kleine Familie hatte, mit der ich nun schon seit über vierzig Jahren hier, oberhalb von Meran, in unserem eigenen kleinen Paradies leben darf.

Und heute sitze ich hier in der Stube, ich höre das fröhliche Lachen meiner zwei Enkelkinder vor dem Haus, und schaue aus dem Fenster, hinunter aufs Land und die Stadt. Mein Blick wandert hinauf über die weiß angezuckerten Bergkuppeln entlang. Dort wo diese sich wieder leicht abneigen, bleibt mein Blick auf der schneebedeckten Bergspitze haften. Dahinter der tiefblaue weite Horizont. Vielleicht sind sie heute dort, haben sich alle wiedergefunden, meine drei kleinen Geschwisterchen, mein Bruder Hans, mein Mann Valentin und meine lieben Eltern, und schauen hin und wieder auf uns herab.

Wehmütig denk ich oft an diese schöne Zeit mit ihnen zurück.

Einmal lachend und dann weinend, dann wieder ehrfürchtig und hochachtungsvoll. Aber immer dankbar für das, was meine Eltern mir gegeben und was sie uns hinterlassen haben. Was wichtig ist im Leben, haben sie uns Kindern immer vorgelebt.

Ohne sie hätte es niemals so viele schöne, lustige, aber auch bewegende Geschichten gegeben, die ich seit jeher in mir getragen habe und die schon seit langem herauswollten. Diese große Begeisterung und Freude, mit der ich dieses Buch geschrieben habe, möchte ich gerne weitergeben und mit anderen teilen. Vielleicht findet sich darin ja der eine oder andere Leser in seiner eigenen Kindheit wieder und kann noch einmal in manch schöne Erinnerungen an längst vergangene Zeiten eintauchen.

Aber alle diese Geschichten wären ohne meinen Schutzengel, meinen treuen Freund und Helfer, ganz bestimmt nie entstanden, wenn es ihn nicht gäbe. Wenn er mein Leben nicht weiterhin begleitet und seine schützende Hand über mich gehalten hätte, indem er mich immer wieder erneut aus lebensbedrohlichen Zuständen, ausweg- und hoffnungslosen Situationen gerettet und geholfen hätte.

Doch das sind ganz andere Geschichten und Kapitel und gehören nicht dazu, zu

– Meiner schönsten Zeit –

Danksagung

Ich möchte mich bei allen, die mich bei diesem Werk begleitet und unterstützt haben, ganz herzlich bedanken.

Danke an meine Familie für ihre Liebe und das Verständnis, das sie mir in der Zeit des Schreibens respektvoll entgegengebracht haben.

Danke meinen lieben Enkelkindern, die sich so oft auf später vertrösten ließen.

Danke auch an meine Testleser und ganz besonders an jene stillen Freunde, die immer an mich geglaubt haben. Die mich in meinem Tun bestärkt und überzeugt haben, dieses Werk zu vollenden. Danke, Angela und Luis.

Ein ganz besonderer Dank gilt meiner Lektorin Frau Marlies Lüer für ihre gute und professionelle Arbeit und zugleich für ihr selbstloses Entgegenkommen und Weiterhelfen in allen Fragen rund um mein Manuskript.

Sie hat den weiteren Werdegang zu meinem Ziel in die Wege geleitet und mir die liebe Frau Ira Wundram von Buchseitendesign empfohlen. Auch ihr ein großes

Dankeschön für ihre gewissenhafte Arbeit, ihre Hilfsbereitschaft und für ihre unendliche Engelsgeduld mit mir.

Durch Frau Ira Wundram lernte ich schließlich Janet und Fabian Zentel von Aloha Buch Design kennen. Motiviert und taktvoll zauberten sie aus einer Aufnahme meines Elternhauses das schöne Cover und verpackten die Geschichten und Erzählungen in eine wundervolle Hülle. Vielen Dank dafür.

Von ganzen Herzen bedanken möchte ich mich an dieser Stelle bei meiner ersten Studienleiterin, Frau Ulrike Weinhart. Ohne sie wäre ich nie bis hierher gekommen. Mit ihrer netten, humorvollen Art hat sie mich immer wieder erneut motiviert und meine Begeisterung für das Schreiben noch mehr verstärkt, zudem hat sie mir viel Kraft und Freude auf meinem weiteren Weg mitgegeben. Tausend Dank dafür, liebe Ulrike Weinhart!